长 篇 小 说

绝 响

畀愚◎著

北京出版集团公司
北京十月文艺出版社

01

瑞香要到十二岁才有自己的名字。

在此之前，她妈叫她丫头，她哥也跟着叫她丫头。那个时候，她妈已经有点疯癫，为了寻找抛妻弃子的丈夫，带着兄妹俩几乎走遍了大半个中国。他们衣衫褴褛，以乞讨为生。可是，在到达长江边的一个小镇后，这个目光呆滞的女人忽然变得清醒，坐在街角打了个盹后，毅然决定回家。然而，她已记不起家在何方，就扭头问儿子。

儿子在地上睡得昏昏沉沉，他正发着寒热，一会儿冷得脸色发青，一会儿又热得满面通红。女人沉默了会儿，又问她的女儿。女儿摇了摇头，她的眼睛一直注视着街对面的包子铺，那里热气腾腾的，可这些热气到了街上就被风吹得干干净净。

顺着女儿的目光，女人在注视了包子铺很久后忽然站起来，一直走到那张放满蒸笼的条桌前，一下跪倒在地，冲着铺子里的每个人磕头。她的脑袋在花岗岩的台阶上碰撞出沉闷的声音。

等到女人拿着一个包子回来，额头上已经沁出血丝，但脸上的笑容却从来没有这么温暖过。她把包子放进女儿的手里，蹲下身想抱她，却没能抱起来，就拉住她的另一只手，牵着她，沿着大街一直走到人流最为密集的码头。

女人蘸着口水，用手掌把女儿的脸擦干净后，随手捡起一根稻草，打了个结，笨拙地插进她的头发里，然后重新拉住她的手，把背靠在一根拴马柱上，一点一点地蹲下去。

码头上来来去去中大大小小的脚上穿着各式各样的鞋。

乞丐的眼睛里从来没有人。他们的眼里除了鞋，就只剩下那些穿在鞋里的脚背。当一双穿着半旧青口布鞋的脚站在这对母女俩跟前时，女儿的目光正被远处的声音吸引。那里有一群刚从船上下来的剪辫子党，身上穿着灰布制服，每个人手里都拿着一把剪刀。他们就像一群原野中的狼闯进了羊群，让杂乱无章的码头一下变得有点失控，但站在母女俩跟前的男人丝毫没有惊慌之色。他戴了顶黑色的毡帽，脖子里围着一条驼绒围巾，上上下下把女儿仔细打量完，伸手就捏开她的嘴巴。女儿啊地叫了一声，挣开那只手的同时，一脚踢在男人的膝盖上。男人一点都没有生气，掸了掸棉袍后，又把她仔细地打量了一遍，从内袋里掏出三块大洋，扔在女人面前。

女人一把抓住女儿的裤管，仰脸看着站着的男人。女儿在这时忽然叫了声妈。男人叹了口气，又掏出一块大洋扔在她跟前，可女人的那只手仍然紧抓着女儿的裤管。她用另一只手捡起一块银圆，用两根手指拈着，放到嘴边用力吹了一口气。银圆在她的耳际发出悦耳的声响。

女人直到把地上的四块银圆全部检验完毕，都放进贴身的袋子里，才松开那只抓着女儿裤管的手，一屁股坐在地上，睁大眼睛叫了声：丫头。

这一回，女儿没有出声。她只是用她那双乌黑的眼睛看着她妈，一直看到她垂下脑袋，伸出双手捂住自己的脸。等到女人重新抬起头来，女儿已经不见踪影，那群剪辫子党也像风一样刮走。码头又恢复了它的拥挤与喧哗，如同什么事情都没有发生过。

几天后，小姑娘已被几经转手。最后由一对年迈的夫妇领着，坐船来到安庆城外的娄埠镇上。在那里，他们给她洗了澡、剪了头发，同时也仔细地查验了身体后，换上一身丝绵夹袄，一人拉着她的一只手，就像祖孙三人出去逛街那样，他们穿过一条窄长的巷子，来到一个叫平川书院的地方。

平川书院跟镇上别的书院不一样，这里没有琅琅的读书声，也没有寒窗苦读的学子，这里有的都是些漂亮的女孩子。她们在这里学习琴棋书画，学习吹拉弹唱，学习怎样让男人为她们神魂颠倒。

传授她们这些技艺的都是从城里请来的容嫂①，而宝姨就是所有这些人的掌班，也是这些女孩子们的妈，但她看上去更像是大户人家的少奶奶，那么端庄与漂亮。

宝姨站在偏厅的廊檐下，静静地端详着她们。

老妇人有点急切了，说该验的都验过了，她是绝不会看走眼的，这个小姑娘用不了几年就能赚大钱了。

宝姨想了想，垂下眼帘，转身推开走廊下的一扇镂花长门，说："进来吧。"

屋子里光线暗淡，一进去就有股奇特的烟味扑面而来。

---

① 容嫂：妓院里传授雏妓必修技艺的女人。一般为年长的妓女。

等了好一会儿，烟榻上的男人才从嘴里吐出最后一口烟，放下大烟枪，懒洋洋地坐起身。他留着一个时髦的分头，面容苍白而消瘦。

老头恭恭敬敬地叫了声金先生，然后摘下帽子，更加恭敬地向他鞠了个躬。金先生视而不见。他慢慢地走到小姑娘跟前，问她叫什么名字。

小姑娘摇了摇头，睁大了她那双乌黑的眼睛，像是要把眼前这张脸看得更清楚那样。

金先生俯下身，继续说："人总得有个自己的名字吧？"

"我没有名字。"小姑娘忽然开口了。这是她自被贩卖以来第一次开口说话，而且音量响得有点让人吃惊。

金先生直起身走到一个花架前，对着一盆盛开的金边瑞香说："你就叫瑞香吧，跟我一起姓金。"

宝姨愣了愣，一下扭过头来，用一种醒目的目光看着金先生。

多年前，她用同样醒目的目光注视着这个男人时，金先生正满身血污地站在她面前。那时已近深夜，响彻了一天的枪声逐渐平息，大街上到处是打着火把搜捕革命党人的清军士兵。

宝姨在跳动的烛光中说："你们真的谋反了？"

金先生惊魂未定，隔了很久才说："你可以去告发我。"

宝姨垂下眼帘，伸手解开他制服上的扣子，并让他把裤子也脱了后，抱在手里，说："你先洗，我去烧了它们。"

那晚，宝姨始终温顺地蜷缩在他怀里，一直到天亮两人都没说过半句话。第二天，整个安庆城里都听说了一个叫徐锡麟的年轻军官。

他用手枪刺杀安徽巡抚后被捕，当夜就被铁锤砸烂睾丸，活活地剖开腹腔，挖出心肝。

这场著名的安庆起义从发动到失败仅仅维持了七个小时，却足以影响金先生的一生。他在一场大病之后翻出箱子里的行头，对着梳妆镜勾脸、勒头、吊眉，然后穿箭衣、系大带、绑靠旗，最后戴上盔头，就像是梦游一样，提着一杆素缨枪来到院子。金先生把一出《挑滑车》反反复复一直唱到泪眼模糊，才发现站在墙边的宝姨，一下变得呆滞。

宝姨不说话，上前把这个汗水浸透的男人搂进怀里。

"我不是个男人。"隔了很久，金先生像个孩子似的在她怀里说，"我应该随他去赴死。"

宝姨摇了摇头，坚定地说："你是我的男人。"

02

每年的正月初七是平川书院宴客的日子。宝姨把大厅布置得如同一场堂会，而宾客大都是安庆城内青楼与书寓里的老鸨。她们或乘船，或雇车，风尘仆仆而来，一进大门就拉着宝姨的手，像是有说不完的话。

这些人都是宝姨曾经的姐妹与同行，但她们更像是出嫁多年的媳妇回到了娘家。她们的欢声笑语一直要持续到掌灯时分结束。这才是这一天里高潮的开始。

在亮如白昼的汽灯下，宝姨的姑娘们一一登场。从演奏古筝与琵琶开始，到唱罢京剧中的皮黄二腔与昆曲小调，整个过程中宝姨始终在跟姐妹们推杯换盏，有时也在彼此的袖笼里用手指讨价还价。这是青楼行业延续了千百年的规矩。只有被交易的姑娘才可以在换装后重新出来，坐在新主人的身边，一杯酒敬宝姨这些年里的培养，另一杯酒敬老鸨。

这是一个雏妓迈向人前的第一步。

夜宴之后，宝姨在被窝里用滚烫的身体紧贴着金先生，说，真是烦人的一天。

金先生并没有顺应她的话。自从搬到安庆城外，这个世界好像已经与他无关。每天除了躺在烟榻上吞云吐雾，他几乎足不出户，有时就在后院里面教授那些女孩子们京调小曲与折子戏文。然而，作为平川书院里唯一的男人，金先生更主要的工作是让每个女孩子了解什么是男人，什么叫男欢女爱。

这是个需要沐浴焚香的神圣时刻，一般都在女孩子到了十五六岁后，就在后院那间纱缦低垂、点满蜡烛的厢房里。屋子的正中摆放着一张巨大的圆床，盛装的宝姨在上面传授床笫之事与内媚之术，从替金先生宽衣解带开始，一直到缠绵交错，开合拒迎，就像是一场尽情的演出。

事后，她坐起来，环视着床边早已羞不成色的姑娘们，就像平日坐在厅堂里那样，冷冷地说："你们都要记住，男人的心就在你们的床上。"

整整七天里的大部分时间，金先生干瘦的身体如同一具搁在床上的器具。他与所有的姑娘们一起欢爱，一起嬉戏追逐，呼吸吐纳，直到她们不再为彼此的身体而羞怯，直到她们每一个动作与眼神都变得丝丝入扣，变得声情并茂，但他绝不会跟其中的任何一个真实地做爱。

贞操是雏妓身上最宝贵的东西。这是这个行当里每个人都明白的道理。

出关的那天，宝姨看着金先生喝完碗里的参汤，忽然说："我看你是舍不得这一个礼拜。"

金先生愣了愣，放下碗，说："你已经给了我女人能给我的全部快乐。"

可我给不了你我们的孩子。说完，宝姨默默地看着院子里的一棵石榴树。她此生从没后悔过堕入青楼，她后悔的是在梳拢①之夜喝下的那碗败毒汤②。

瑞香开嗓习曲已是第二年的秋天。在此之前，她一直在中庭的大书房里描红断字，对着《芥子园画谱》临摹习作，与那些年龄相仿的姐妹们一起，跟随容嫂学礼仪、练体态、飞眼神。有时，她也会被带进金先生的房间，在烟榻上练习打制烟泡。

这在平川书院被称作洗心，而对违规犯错的孩子的惩罚就是革面。但是，宝姨从来不会殴打她们的身体。雏妓身上的每一寸肌肤都

---

① 梳拢：旧指妓女第一次接客伴宿。

② 败毒汤：特指妓院内用以使妓女绝育的寒药。

跟她们的眼睛一样宝贵。宝姨通常会在上完早课后，让容嫂们把犯错的女孩带出饭厅，带到搁在院子里的一盆温水前，抓住手脚，把脑袋摁进水里，让她在窒息中明白一个道理，就是一个字——忍。

然后，关进柴房，一直饿到真正明白这个道理。

而更多时候，哪怕女孩子们没有犯错，她们也会受到无端的惩处。宝姨深信，只有经过了洗心与革面，她的孩子们才能变得驯服，才能脱胎换骨，成为一个出色的妓女。可是，她却在惩罚瑞香时突然回想起了当年的自己。

瑞香并没有像她的姐妹们那样哭喊，更没有求饶，甚至连一点挣扎都没有。她的整个脑袋被摁在脸盆里，时间一分一秒地过去，施刑的容嫂开始慌了，抬头看着宝姨。

宝姨不为所动，站在台阶上冷冷地看着那个撅起的小屁股。

当瑞香的脑袋被提起来时，人已经昏死过去。容嫂端来一碗咸菜卤，灌下去后，她才吐出几口清水，睁开充血的眼睛，平静地看着在场的每个人。

这绝不是一个小女孩该有的眼神。

当晚，宝姨端着一盏油灯打开柴房的门。她蹲下身，撩开垂挂在瑞香脸上的头发，看着她的眼睛，就像母亲对着自己的孩子那样，说了很多话，声音一会儿轻，一会儿重，一会儿是劝慰，一会儿是斥责，却都是为了让一个倔强的孩子变得屈服，但瑞香始终一言不发。她靠在墙上，双手抱紧了自己，睁着那双乌黑的眼睛，孤零零地看着灯沿上那颗如豆的火苗。

宝姨长长地吐出一口气，伸手把她搂进怀里，有点突兀地说了一句：傻孩子，我们再犟也犟不过自己的命。

瑞香还是没有出声。她只有在每天练声学唱时才像变了个人。从起首的第一个亮相开始，一板一眼、一颦一嗔，一曲下来，如同已把人世间所有的喜怒哀乐都收敛进那双乌黑的眼睛里，她稚嫩的脸上看不到丝毫孩子的稚气。

一天清晨，金先生托着一把紫砂壶，站在檐下观望了很久，忽然对身边的宝姨说，她天生就是一块唱戏的料。

宝姨没有接茬，面无表情地看着瑞香把一折《苏三起解》全部唱完，才淡淡地说："那你就收了她吧。"

说完，宝姨转身离去。金先生却一直愣在那里。一个弃行的戏子是没有资格开门收徒的，这是梨园行千载不变的铁律。

但金先生还是收下了瑞香，就在教了她四年多大戏后的一天夜里，宝姨坐在梳妆台前，像是在对镜子里的自己说："我把这丫头给你，你们不必整天在我眼皮底下演戏了。"

金先生已经上床。他支起半个身子，看着宝姨的背影，半晌才说："除了你，我谁也不会要。"

"我们俩也快十个年头了吧？"宝姨垂下眼睑，缓缓地转过身来，看着床边的一双鞋子，忽然一笑，说，"你要娶我，早就娶了。"说完，她起身脱掉搭在身上的坎肩，上床后，抓过金先生的一只手，又说，"你该为你们单家留个后了。"

03

　　婚后的瑞香变化惊人。一夜间，不仅盘起了头发，就连脸上的冷傲之气也被洗涤得干干净净，可她还是每天一早起床，跟姐妹们一起在院子里吹拉弹唱，上午就在厨房里帮忙，为书院里的每个人准备饭菜。

　　宝姨每次午饭前都来厨房巡视一遍，所有的下人就会停下手里的活，恭敬地叫一声："大奶奶。"这是平川书院里的规矩。瑞香第一天时有点犹豫，在福了个身后，一时不知道怎么开口好，就低下脑袋。

　　在此之前，她跟所有的姐妹一样，对宝姨只有一个称呼，那就是妈妈。

　　宝姨瞥了她一眼，说："你得叫我大奶奶了。"

　　那意思就是昭告厨房里的每个人，这丫头跟她们没有区别，不管她晚上睡在哪张床上，她都只是平川书院里的又一个下人。

　　瑞香重新施了个福，恭恭敬敬地叫了声："大奶奶。"

　　宝姨在走到门口时，不禁重新回头，上下打量了她一眼，在心里发出一声冷笑。

　　而更多时候，瑞香就像是宝姨新添的贴身丫头，每天晚上都要伺候她上了床，才回到自己的新房里。虽然，金先生从来不需要她干别的，甚至有时候还会在床上指点她几段唱腔，但他绝不会在瑞香的房间里睡上一整夜。哪怕再晚，哪怕外面下着大雨，他都会记得起床，穿戴整齐后，回到宝姨的床上。

有一次，瑞香在金先生起床时忽然抱住他，两个人在黑暗中无声地僵持了一会儿。金先生叹了口气，伸手擦掉她脸上的泪水，就这样搂着她，一直到她睡着。

可是，金先生还是走了。半夜里醒来，瑞香摸着边上冰凉的床单，睁大眼睛一直等到天亮。这天早上，她没有像往常那样起床去院子里做晨课，而是翻了个身，裹紧了被子，在床上躺到将近中午时，忽然发现床原来是个那么令人难受的地方。

瑞香就是在去厨房的路上第一次遇见唐汉庭的。他穿着一件深色的哔叽呢长衫，头戴礼帽，手里提了个牛皮的公文包，跟随老妈子低头走进金先生抽大烟的厢房。

这么多年来，这是第一位来平川书院造访金先生的客人。

一时间，金先生的目光有点呆滞，盯着唐汉庭唇上那抹小胡子看了好一会儿，才长长地吐出一口烟雾，放下烟枪，说："看来你们早就知道我在这里。"

唐汉庭在烟榻的另一边坐下，说："我们还知道，你不是那个叛徒。"

金先生摆了摆手，坐起身来说："这些都不重要了。"

唐汉庭点了点头，沉默了一会儿，说："我受英士之托来见你……"

他让你来见我？金先生忽然短促地一笑，说："来见一把妓院里的大茶壶①？"

事关国家前途……

他已经杀了陶成章，他还想杀谁？金先生的目光变得锐利，直视着唐汉庭，但很快就暗淡下去，慢慢躺回烟榻，重新拿起烟枪，凑到烟灯前连着吸了好几口后，平静地说，我不会再为任何事情去杀任何人了。

唐汉庭想了想，打开牛皮公文包，掏出一把转轮手枪，放在烟桌上，说："小蝉，我记得你也有过这样一把枪，我们曾对它发誓要以身许国，功成身退②……现在，我们还没到退的时候。"

金先生闭上了眼睛，蜷缩在烟榻上，就像个垂死的老人。

其实，金先生并不姓金。他曾是单家班里最年轻的武生，十八岁登台唱戏，从北京城一直唱到上海滩，没几年工夫就已是红遍大江南北的梨园名角。他挂在丹桂大戏园门口海报上的名字叫单小蝉。可是，他却忽然销声匿迹了。几年后，有人在安徽省的安庆城内再次见到他时，他刚从日本的振武步兵学校学成归来，已经改名换姓，穿上军装成了大清朝巡警学堂里的一名教官。

安庆起义爆发那天，金先生就站在巡警学堂的礼堂旦，看着徐锡麟从靴子里拔出手枪，把全部子弹射到安徽巡抚的身上，而他的任务就是掩护徐锡麟全身而退。

唐汉庭起身告辞时，天空开始下雨。他留下了那把转轮手枪，说："我就住在安庆城内的来凤客栈，你什么时候动身去北京，我就什么时候回上海。"

---

① 大茶壶：旧时代妓院中给妓女和嫖客沏茶倒水及打杂的男性。

② 以身许国，功成身退：光复会宗旨为"光复汉族，还我山河，以身许国，功成身退"。

"我哪儿都不会去。"金先生缓慢地站起身，平静地看着这位昔日的朋友与同志。

唐汉庭笑了，说："我不相信你会在女人的裙底下躲一辈子。"

三天后，金先生决定北上的前夜，瑞香直愣愣地站在他跟前，说："我是你的女人，你去哪里，我就跟你到哪里。"

金先生说："我此去只怕是回不来了。"

"那更好。"瑞香说，"我死也要跟着你。"

金先生笑了，伸手在她粉嫩的脸上拧了把，却没有说话，而是径直离开房间，去了宝姨的屋里。

次日一早，当他提着一个皮箱从宝姨屋里出来时，瑞香已经站在台阶下，穿着一件下人穿的蓝布大褂，垂着两只手，头发上凝结着细微的露珠。

随后出来的宝姨看了她一眼，说："回你屋里去。"

瑞香没有动，也没吱声，而是抬眼看着金先生。

宝姨随着她的目光也看了一眼金先生后，一下变得面若冰霜，转身就回了屋里，砰的一声关上房门。

04

1915年的深秋，北京的天空已经细雪飘零，街头却异常地热火朝天。到处是叫花子、流浪汉与妓女组成的万民请愿团，他们像潮水一样涌向中南海的大总统府，黑压压地跪倒一片，托举着请愿表，高喊着要求袁大总统登基当皇帝的口号。

金先生带着瑞香来到西直门外的一处四合院。那是他出生的地方，也是单家班里每一个人的家。每年不管戏唱到哪里，临近七夕单铁生都会带着他的戏班回来接祖①，然后在广德楼戏园张幕开锣，一直要唱到第二年的清明，拜祭完先人，才重新离开北京城。

单铁生永远忘不了祖父跟随徽班进京，带着他在颐和园里连唱三天三夜的盛况。可是，他却在见到儿子的一刻哑然了，脸色一下成了只风干在枝头的柿子。他看着金先生穿过那些正在练功的众人，一直走到面前，才嗫了嗫嘴，说了一句谁也听不清楚的话。

金先生低下头，叫了声："父亲。"

我没有儿子。单铁生忽然蹦出这么一声后，一指供奉灵位的那间堂屋，像是在道白那样："吾儿的灵位……十二年前就进了宗祠。"

院子里练功的众人很快散去。晚上，他们在广德楼还有两场戏要演。

金先生在空荡的院子里一直呆立到傍晚，瑞香上前掸掉他身上的积雪，拉了拉他的衣袖，说："走吧。"

可是，在烟馆的铜床上连着抽掉两锅大烟后，金先生还是去了广德楼戏园的后台。他就像个角那样坐在镜子前，在众同门诧异的注视中，勒头、勾脸、穿剪袖、蹬皂靴。然后，在候场的幕布后面抬手、迈脚、开唱。跟台前一模一样，唱的都是《三岔口》。

---

① 接祖：农历七月十五鬼节的前七天与后八天，是中国传统节日里祭祖的四大节日之一。

一出下来，台前的场子里喝彩如潮，金先生却用一种宁静的目光看着父亲，说："十二年来，我没有半点荒废。"

单铁生一言不发，从徒弟手里抓过他的紫砂茶壶，举到嘴边，想了想，没往下喝，却是一言不发地走开了。

金先生又成了单小蝉，尽管单铁生从没让他登台唱过一出戏，至少他又成了戏班的一分子。可是，有一天晚上，瑞香在伺候他抽大烟时，忽然说："你不是回家，你是来杀人的。"

金先生一下睁大了眼睛，看着这个一直以为还是个孩子的女人，轻喝一声："胡说。"

瑞香下床，从皮箱的夹层里取出那把转轮手枪，连同桌上那些金先生每天带回来的报纸，一起放在床上。现在，每个白天在这间屋子里除了反复看这些报纸，瑞香几乎无所事事。她看着金先生的眼睛，说："你要杀袁大总统。"说着，她低下头，接过烟枪，坐在床沿上，麻利地打出一个大烟泡后，递还给他，又说，"你会把整个戏班都搭进去的。"

金先生想说点什么，却最终没能说出一个字来。他一口一口地抽着大烟，如同每一口都是他人生中的最后一口。

重返单家班是唐汉庭计划的第一步。袁世凯除了是个国贼，还是个国人皆知的戏迷，每到逢年过节都会请戏班进中南海去唱堂会。单家班从来都是总统府里堂会的首选。他对金先生说，历史的潮流不能后退，中国不能再有皇帝了。

金先生等的就是单家班进中南海唱堂会的那一天。

他在这天来临的早上，把一张银票塞进瑞香手里，说："今天你自由了，离开这里，找个男人嫁了吧。"

瑞香垂下眼帘，紧咬着自己的嘴唇。她没有出声，但也没有离去。两天后，一队士兵踹开院门时，她还在阳光下晾晒被褥。

事实上，金先生并没有等到实施计划的那一刻。他的怀里揣着手枪，站在出将的帘子后面，却始终没有等来袁世凯。金先生等来的是中南海里的卫兵。他们荷枪实弹，一下就包围了大厅。然后，开始盘查宾客与戏班里的每个成员。

金先生后来才知道，是有人在袁世凯即将登基的新华宫里放置了炸弹，而那个人就在听戏的宾客中间。但是，在那混乱的一刻，他觉得自己的一生已经到头，直到卫兵们冲进后台，才如梦方醒，随手把手枪扔进马桶。

从中南海的边门出来后，金先生在黑暗的大街上一把拉住父亲，说："我们不能回家了，我们得离开北京。"

单铁生愣了愣，在看清儿子的眼睛后，心里一下明白了。他无力地点了点头，忽然一个耳光打在金先生脸上，说："滚。"说完，他看着身边那些不知所措的徒弟们，用一种近似于苍茫的声音问道："我怎么生了这么一个扫把星？"

第二次过堂时审讯官已经没有耐心，拿起从马桶里捞出来的那把手枪，像惊堂木那样拍在桌上，说："上刑。"

瑞香被扔回牢房时，以为自己活不过当晚。她想这样也好，早死早投胎，至少还可以在下面见到她的男人。可是，她却活了下来，就像那些臭虫一样，又很快被遗忘在牢房里。

几个月后的一天，狱卒打开牢门，不仅让她吃了碗米饭，还洗了澡，换上干净的衣服。在穿过长长的过道时，瑞香怯怯地问："你们要吊死我，还是砍头？"

狱卒说："别瞎想，是袁大总统要提审你。"

瑞香还是想了想，说："不是洪宪皇帝了吗？"

狱卒有点不耐烦，用力推了她一把，说："快走。"

瑞香出了监狱的大门发现，等在那里的是个穿着制服的男人。他用马车装上七八个犯人后，一路马不停蹄去的地方并不是中南海，而是北京的火车站。上了火车，他们被带到一节只坐着一个年轻男人的车厢里。

大家都不知道发生了什么事，都在你看看我，我看看你。

年轻的男人看着他们，放下手里的一卷古书，说："现在没事了，现在我带你们离开北京。"

大家愣愣的，纷纷向他作揖道谢后，在随从的引导下退出车厢，回到各自的座位上，瑞香却站着没动。她看着这个举止优雅的年轻男人，说："你是谁？"

年轻的男人笑眯眯的，看了眼瑞香，并不答话。

瑞香又说："你为什么要救我？"

年轻的男人就像个温和的哑巴，仍然一言不发。

但瑞香还是要问："单家班的人呢？他们还活着吗？"

年轻的男人总算又开口了，说："看来你们想要行刺他是真的。"说完，他叹了口气，脸上的笑容也随即消失。他朝瑞香摆了摆手，说："下去休息吧，你得喝点热汤。"

瑞香的气色在行程中开始恢复。火车到达上海时，站在嘈杂的站台上，举止优雅的年轻男人端详着瑞香的脸，眼睛里竟然有了某种奇怪的表情。他犹豫了一下，说，如果你没地方去，你可以跟着我。

瑞香愣了一下，然后低头深施一个福后，转身混入客流，就在那人的注视下，沿着站台一直走到出站口，以一种优雅而缓慢的步履。

几天后，在一张行人弃在街边的报纸上，瑞香意外地看到了那个年轻男人的照片。原来他是袁世凯的二公子，名叫袁克文，号寒云。他背弃了自己的父亲，带着从狱中解救出来的倒袁人士，由北京来上海定居。

而在报纸的更显著的地方，刊登着一幅孙中山手书的"失我长城"与一张更大的照片。照片上是个文质彬彬的男人。他姓陈，名其美，字英士，身兼青帮大佬与淞沪司令长官之职。他被人枪杀在萨坡赛路一间日本人的寓所里。

05

两年后，瑞香已是上海滩艳名远播的清倌人①。

上林雅院里每天宾客如云。瑞香一般只在午茶时出来，弹上一曲古筝助兴。晚上，要么在人前清唱一段昆腔，要么扮上装，在大厅的小舞台演上半折京戏。然后，在一片赞慕声中回到自己的闺房。除非

---

① 清倌人：只卖艺，不卖身的欢场女子。

遇到舍得一掷千金而且文雅的贵客，她才会由老鸨领着重新步入厅堂，在包房里陪着喝一会儿茶、饮几杯酒。

这就是一个成名艺伎的书寓生活。

一天晚上，领着她去见客的一路上，老鸨阿九郑重地提醒说："今晚的主客是大风堂的唐先生。"

大风堂曾是上海滩最有势力的帮会，当家人唐汉庭的许多故事如今都已成为传说。瑞香在挑帘进入包房的瞬间，一下想起了平川书院那个天色阴沉的中午。那个头戴礼帽，身穿深色的哔叽呢长衫，提着一个牛皮的公文包前来拜访金先生的男人，此刻正坐在酒桌的首席上，只是鼻梁上多了一副金丝边眼镜。

显然，唐汉庭更感兴趣的是生意与当前的局势。整场席间，他几乎没有仔细看过瑞香一眼，只是在切换话题的间隙才想起身边的佳人，彬彬有礼地抬手，请她代杯，向在座的各位敬酒。

临别之际，唐汉庭把客人送到楼梯口，扭头对瑞香说："今晚我不走了。"

说完，他透过镜片用一种深邃的眼神看着瑞香，一伸手，做了请她前头带路的手势。

瑞香愣了愣，几乎是跟着他走进后花园的。经过回廊时，她站住了，说："唐先生，这里不留客。"

"我知道。"唐汉庭笑了，就像回到自己家里，径直走到一扇门前，回头对紧跟着的两个随从说，"让阿九泡壶茶来。"

等到众人都退出屋子，唐汉庭摘下眼镜，靠进椅子里，闭上眼睛，说："知道吗？今晚的酒桌上至少有两个人在想我死。"

瑞香没有出声，只是垂立在桌子的一侧，用手使劲地捏着一块手帕。

唐汉庭还在自顾自地往下说："他们的枪手也许就守在街口的拐角。"

"你怎么来的，就该怎么回去。"瑞香忽然说，"这里不是大风堂。"

唐汉庭愣了愣，睁开了眼睛，飞快地看了她一眼，说："那你怎么不回去呢？"说完，他端起盖碗，抿了一口后，不动声色地又说："待在小蝉身边总好过待在这里。"

瑞香的脸色一下变得发白，就像让人扒光了衣服站在那里一样。她做梦都没想到眼前这个男人，竟然也记得三年前那匆匆的一瞥。

过了很久，瑞香才在一张椅子里坐下，兀自说："人是没有回头路的，女人更没有。"

事实上，瑞香并不是没有找过金先生，刚到上海她就去找了在丹桂大戏园里演出的单家班。单铁生站在登台的阶梯上，面无表情地看着她，说："这里不是你们的家。"

"我没有去处。"瑞香说，"让我留下来，我会唱戏。"

单铁生就像被扇了一巴掌，脸一下有点涨红，说："单家班不是窑子。"说完，他咽了口唾沫，又说："两百年里，单家班从没有女人登过台。"

瑞香用了很长的时间忘记这些往事，却在一夜间重新回想起来。夜深之后，唐汉庭叫来老鸹与这里的管家，四个人在瑞香的屋里，打了整整一夜的麻将。第二天早上，瑞香推门送客时才发现，她的门外站满了唐汉庭的保镖。

这是惊心动魄的一夜，几乎上海所有的报纸都登载了发生在这天夜里的血案——在司其脱路与苏州河桥的交接处，帮会混战让整个街口血流成河，租界的巡警与救火队员用高压水枪冲洗了一早上，都无法全部洗尽那些血迹。

　　春天来临以后，唐汉庭已是上林雅院里的常客。后来，他索性在瑞香的房里办公，向手下发出各种指令，像是要让全上海都知道这是他的女人那样，却从未真正在那里留宿过一夜。瑞香清晰地记得，他们在一起独处时，彼此几乎连手指都没有触碰过一下。

　　这天黄昏，唐汉庭戴上礼帽准备离去。瑞香倚在窗口，像叹息一样，说："你又何必呢？"

　　唐汉庭站住了，回过身来，想了想，笑着说："我是不想让人占了这间屋子。"

　　瑞香一下变得无语，扭头看着那抹投在院墙上的残阳。

　　唐汉庭犹豫了一下，无声地走到她身后，缓慢地说："风尘生涯最好的归宿就是嫁一个我这样的人。"

　　瑞香就像根木头一样站在窗台前，等她回过身来，唐汉庭已经离去。洞开的门口，只有微风轻抚着珠帘，发出一片沙沙的声音。

　　接下来的一个多月，唐汉庭再没有踏足上林雅院，如同人间蒸发了，就连报纸上都失去了他的新闻。但是，瑞香仍然每天让人去买来更多的报纸，把它们叠在案头，就像唐汉庭随时会来那样。

　　老鸨阿九实在看不下去了。有一天，她婉转地说，上海滩这么大，不光只有唐先生一个。这天晚上，瑞香在大厅里的小舞台上唱了一折又一折，一直唱到汗水挂花了脸上的油彩。几天后，老鸨来到她房里，拉着她的手，试探着说："要不……我派人去趟唐公馆？"

瑞香说："上海滩这么大，不光只有一个唐先生。"

胡石言来上林雅院那天，天上下着细密的小雨。他打着一把洋伞，匆匆走进阿九住的院子，很快又随她来到瑞香的起居室，从公文包里掏出一张房契，放在桌上，说："这是福熙路上的一幢宅子。"说完，他扭头看了眼阿九，见她知趣地离开后，接着又说："唐先生的意思是问香姑娘什么时候搬过去。"

瑞香毫不客气地看着他，淡淡地说："唐先生的意思是要包养我吗？"

胡石言是唐公馆的管家。从六岁陪读开始，跟随唐汉庭已有三十多年。他看着瑞香，微笑着说："在上海，没有人可以拒绝唐先生。"

瑞香并不开口，只笑了笑，端起桌上的茶杯。那就是送客的意思。

两天后，胡石言又来了，说唐先生已经订下了礼查饭店的大宴会厅，还约请了黄炎培先生做证婚人。说着，他打开一本皇历，摊开在桌上，小心翼翼地说："日子由四太太定，唐先生说这个月里还有两个黄道吉日。"

胡石言竟然用了四太太这三个字。瑞香轻轻地合上皇历，起身，慢慢地走出屋子，站到廊檐下。她看着院子里那些开得正艳的杜鹃花，脸上看不出丝毫的表情。

倒是老鸨阿九有种难以抑制的兴奋。一送走胡石言，她就跑着过来，说："这可是明媒正娶哪……还那么大的排场。"阿九一把拉住瑞香，有点热泪盈眶，就像要嫁的是自己的亲生女儿。她喃喃地说："你给我们上林雅院争脸了，你给我们全上海滩的姑娘们争脸了。"

瑞香的脸色平静得出奇，就连新婚之夜也看不出一点喜悦之色。她在洞房的烛光里低下头，轻轻地叹了口气，对唐汉庭说："你犯得着吗？"

唐汉庭笑了，脱掉锦绣的马褂，说："我不在乎。"

瑞香说："我已是残花败柳。"

唐汉庭仍然笑着，说："那不过是层窗户纸。"

瑞香看着跳动的烛火，又说："我是你朋友的女人。"

唐汉庭脸上的笑容没有了。他伸手抬起瑞香的下巴，看着她的眼睛，说："那些都过去了。"

瑞香说："你会后悔的。"

夜深之后，唐汉庭在被子里用手轻抚着瑞香身上的累累伤痕，忽然说："人是没有回头路的。"说完，他又说："女人没有，男人也没有。"

06

瑞香第一胎生的是个男孩。当晚，唐汉庭在书房里铺开宣纸，蘸饱墨写下两个楷书：甫光。这是唐家的第三位少爷，在他上面还有两个已经成年的哥哥与一个姐姐，至今仍在欧洲游学。

甫光四岁那年，瑞香又生了一个儿子。那时，福熙路上这幢带花园的宅子已经成为上海滩有名的四公馆，每天高朋满座。这些人基本上都是唐汉庭请来的文人、画家与电影明星，而更多的还是名伶与票友。他们吹拉弹唱、吟诗作画，琴瑟之声常常要到深夜才散去。

一天夜宴之后，喝了酒的瑞香在床上有点肆意地对唐汉庭说："你不是怕我寂寞，你是要把这里变成又一个上林雅院。"

"我只是想让它们洗涤我身上的血腥之气。"说完，唐汉庭自己也愣了愣，伸手把瑞香搂进怀里，过了很久，竟然意外地说起了他自己，从他的父亲开始。

唐汉庭的父亲是江苏吴兴的一名丝绸商人，闯荡上海滩几十年，最大的成就是成为洪门中的代表人物。他将十七岁的儿子送去日本学习纺织与机械，只是为了将来把地盘变成实业，好让他的子孙永远地脱离帮会。临行前，他对儿子说，我做不了的事情，只能由你来做成它。

可是，唐汉庭却在东京加入了光复会，回国干的第一件事就是参加徐锡麟的安庆起义。失败后他回到上海，在四马路的妓院里第一次遇见陈其美，两人一见如故。唐汉庭感慨地对瑞香说由洪转青，他是经历了剥皮抽筋①的。

说完，他仰面躺在床上，看着天花板说他用了这么多年才明白，

---

① 剥皮抽筋：青、洪两大帮会同系明末反清组织天地会分支，由于青帮并未积极从事反清活动，故洪门一度将其当作叛徒，严禁洪门会员转投青帮，称"由青转洪，披红挂彩；由洪转青，剥皮抽筋"。

他所干的革命到头来跟帮会没有区别，都是杀人，都是抢地盘，都是争权夺利。唐汉庭说："我活到现在总算体会到父亲的苦心。"

瑞香始终不说一句话。整夜就这么静静地躺在他身边，在被子里握着他的一只手。

可是，意外的事情发生了，就在甫光六岁生日那天。瑞香请来了鸿瑞兴的大厨，在四公馆的大厅里整整开了十二桌，却始终没有等来唐汉庭。

匆匆赶来的是管家胡石言。他请四太太移步到琴房，才脸色凝重地说："唐先生出事了。"

上海的街头到处是工人与学生的游行队伍，义愤的人群举着标语，高喊打倒帝国主义、废除一切不平等条约与收回租界的口号。这天是1925年的5月30日，英国巡捕在南京路的老捕房门外开枪，打死了十三名手无寸铁的游行民众，另外受枪伤的还有数十人。震惊中外的"沪案"[①]正在暮色中推向高潮。

自从日商在沪西的内棉七厂因劳资纠纷，开枪打死工人顾正红，上海的工人大罢工很快发展成商人罢市、学生罢课，几十万人高喊着口号，走上街头。整个租界交通几近瘫痪，上海的华人各阶层却空前地团结。

唐汉庭不仅下令暂停了各个档口与码头的生意，还让所有的徒众都投身到这场运动中去。他对手下的每个人说："我们住在租界，但

---

① 沪案：五卅惨案，当时中外泛称沪案。

别忘了，我们是中国人。"

连着半个月，唐汉庭显得特别的忙碌，不是去工部局开会，就是在华商会议事，但有时候也会一个人悄悄来到礼查饭店顶楼的一间客房。这天傍晚，他亲自上巡捕房保释完被捕的学生，轻车简从穿过苏州河大桥，赶往虹口的日商总会。这是约定的时间，他要去跟会长原田健一再次洽谈收购日商纱厂事宜。

然而，事情就出在他从日商总会回来的途中。

最先发现唐汉庭那辆凯迪拉克轿车的是日本巡捕，在虹口公园的后巷停了一整夜。到中午时，有人从苏州河里打捞起他的司机的尸体。

胡石言说完这些，从副驾驶的位置上回头看着坐在后排的瑞香，想了想，又说："在上海，有胆子向先生下手的人，不多。"

瑞香一手抱着甫成，一手搂着甫光，两眼直视着前方。汽车绕开还在示威的人群，在路上转了很久，驶进唐公馆的大铁门时天已黑尽。这是瑞香平生第一次踏足唐公馆，她在走上台阶的瞬间听到了自己的心跳。

唐公馆的小客厅坐满了人。这些人，瑞香有的认识，有的不认识。他们大多是唐汉庭的门生故友，还有日商总会的会长原田健一。他是唐汉庭在东京帝国大学时的同学，喜欢京剧、书法与中国的诗歌，是唐公馆里的常客，也是四公馆的常客。

大太太端坐在一张太师椅里，等女佣从瑞香手里接过孩子退下后，才冷冷地说："这种时候，一家人还是在一起的好。"说完，她并没有看瑞香一眼，而是皱起眉头，看着唐汉庭的另外两房太太，但更像是在对瑞香说："你们要哭，就回自己房里哭去。"

那两个女人在起身离开时，并没有落泪，只是不约而同地用手帕捂住了嘴巴。

瑞香始终没有出声。她用一种僵硬的姿势坐下后，就一直看着原田健一，直到他起身，走上前来，躬身叫了声："四太太。"

原田健一穿着一件中式的长衫，并且还剃掉了嘴上那簇仁丹胡子，看上去就像个初到上海的乡村绅士。他俯下身，在瑞香的耳边说这件事惊动了他们的领事馆，今天他是代表总领事阁下前来府上问候的，并且一再请四太太放心，总领事阁下已经督促巡捕房与警察署全力侦查，尽管现在人手不够，但汉庭君是他的朋友，也是大日本帝国的朋友，这样的事是绝不允许发生在日租界的。原田健一说完，又深深地一鞠躬，说："请四太太放心。"

瑞香只是点了点头，仍然一言不发。她一直到原田健一躬身告辞时，忽然站起来说："原田先生，我来送您一程吧。"

原田健一愣了愣，回头看了看都有点目瞪口呆的众人，赶紧又鞠了个躬，说："不敢有劳四太太。"

瑞香说："路上这么乱，您刮了胡子也未必能保证得了安全。"

说着，瑞香做了个请的手势，头也不回地引着原田走出小客厅。大太太的脸涨得通红，她都快要把镶在嘴里的那两颗金牙咬碎了，才在肚子里吐出两个字："贱货。"

瑞香却有一种说不出来的气定神闲，请原田健一上了她的车后，跟着坐进去，等到汽车驶出了唐公馆大铁门后，扭头看了眼紧跟在后的那辆已卸掉使馆照牌的轿车，对司机说："回福熙路。"

原田健一一惊，说："四太太？"

瑞香说："我有事情要跟原田先生商量。"

原田健一说："不能在车上说吗？"

瑞香犹豫了一下，摇了摇头，说："不能。"

07

四公馆的大厅里灯光通明，十二桌酒席还在，宾客们早已散尽。

胡石言带着保镖匆匆赶来时，瑞香已经坐在桌边，就着满桌的残酒剩菜，一个人自斟自饮。四公馆里那两名俄国保镖面无表情地在她身后，就像两头站得笔直的北极熊。

"四太太。"胡石言声音里有种从未有过的局促。说完，又看了眼原田健一的司机。那人就像只粽子一样被绑在一边，嘴里塞着一条毛巾，正发出呜呜的声音。

"大太太让你来的？"瑞香头也不抬地说。

胡石言摇了摇头，说："不是。"

"那就是先生让你来的。"

"是，"胡石言低下头，说，"先生曾说过，如果他出事的话，我一切听四太太的吩咐。"

瑞香抬起头来，但眼睛却看着他带来的那些保镖，一直看到胡石言摆手让他们都退出门外，才缓慢地说："就照他们的样子，把原田的汽车开到虹口公园的后巷里，把他的司机扔进苏州河。"

胡石言睁大眼睛看着眼前这个漂亮的女人，说："四太太知道这位原田会长是什么人吗？"

瑞香没有出声，拿过一盏鱼翅，一勺一勺一直到全部吃下去，才看了眼胡石言。

原田健一的另一个身份是东亚经济研究会发起人，这是个专门收集与分析中国军政与经济情报的机构。胡石言小心翼翼地又说："四太太，我们得慎重。"

瑞香还是不说话。她站起身来，走到胡石言前面，盯着他，一直看到他低头，说："是。"

瑞香点了点头，说："明天一早你去趟华格臬路的杜公馆。"

胡石言说："可我们跟杜先生素无往来。"

"你去了不就有往来了？"瑞香说，"把发生的事跟他讲明白。"

"四太太，这是捅破天的大事。"

"天都破了，我们能瞒得过谁？我要你撤回街上的兄弟们，请杜先生出面稳住巡捕房，也稳住别的堂口。"说着，瑞香重新坐回椅子里，又说，"你告诉他，这种时候道上最好别有什么风吹草动，不然上海滩真会翻个底朝天的。"

胡石言说："是。"

派人监视日商总会，还有他们的领事馆、警察署，还有那个东亚经济研究会。瑞香说："通知我们在电话局的人，监听从这些地方进出的每个电话。"

胡石言说："是。"

"原田健一就关在地下室里，你现在送他去上林雅院，多派可靠的人手看着。"瑞香说完，把身体靠在椅背上，长长地吐出一口气后，说，"我想，天一亮巡捕房就会来这里搜查的。"

"是。"胡石言用力一点头，站着等了会儿，见瑞香闭上了眼睛，就退到客厅门口，但还是忍不住回头，说，"四太太，要是绑架先生的不是东洋人呢？"

瑞香慢慢地睁开眼睛，看了他一眼，像如梦方醒那样，起身，离开客厅，一直走到楼上的卧房，在床上躺下，重新闭上眼睛。

就在几天前的夜里，唐汉庭躺在这张床上，说出了他的计划。他要借这次大罢工与棉纱市场的大萧条，迫使日本人低价转让在杨浦的几家纺织厂，组建他自己的联合纺织公司。这也是老太爷在世时的夙愿。唐汉庭叹了口气，接着说："再浩大的罢工也有结束的那天，到时，我们不仅有了工厂，连工人都齐全了。"

"这是你的事。"瑞香说，"你不该把生意上的事告诉我。"

唐汉庭笑了，但他的笑容转瞬即逝，他认真地说："我从没想过要把家人牵扯进生意，可是我没有别的办法，日本人不会轻易出让他们的工厂，作为筹码，他们会逼我撤回街上的兄弟，还会让我站到他们一边，帮助他们对抗这场大罢工……我一旦这样做了，失去的不仅是道义，别的堂口也会掉头对付我，趁机把大风堂吞掉……我们不能两头树敌。"说着，他把瑞香搂进怀里，很久，才又说，"现在，我是把自己的性命，跟这个家都交给了你。"

"值得吗？"瑞香在他怀里，看着他鬓边隐约的白发，说，"就为了几家纱厂。"

唐汉庭想了想，说："有些事，我非做不可。"

"可这不是一个女人该做的事。"瑞香说,"你手下有的是人。"

"在这种时候让他们去绑架一个日本人,无异于自毁大风堂。"唐汉庭松开搂着她的手,捧起她的脸,仔细看着她的眼睛,又笑了,说,"谁也想不到会是你。"

"你是要毁了我。"瑞香说完,沉默了很久,轻轻推开他的手,慢慢背过身去。

唐汉庭长长地吐出一口气,从后面搂住她,把脸埋进她的头发,说:"我们是夫妻,我们注定要患难与共。"

"为什么是我?"瑞香说,"你还有三房太太。"

唐汉庭再也没说话。整夜,他在薄被下搂着瑞香,用手抚摸着她身上的那些伤痕,就像在他们的新婚之夜,缠绵,却有种说不出来的忧伤。

瑞香忽然睁开眼睛,说:"你绝不是为了生意。"

两天后的黎明时分,美国、日本、意大利的军舰相继开进了黄浦江。巡捕房与万国商团的护卫队在新闸路桥上架起了机枪,不时有密集的枪声远远传来。

瑞香用车载着原田健一离开上林雅院后,从十六浦码头下船,坐一叶扁舟横渡黄浦江,来到川沙镇外的一个村庄时,太阳已经高挂在天空。

唐汉庭早已守候在农舍外,一见面就笑呵呵地说:"原田君,我说过,我们会很快见面的。"

原田健一等到押送的保镖都退下后,说:"你应该知道绑架一个日本公民的后果。"

"那要看是谁绑的，还要看绑的时机。"唐汉庭仍然笑呵呵地说，"我们都是为了生意。"

"我从来不反对你收购那几家纱厂，但你也要明白，任何生意都是有条件的。"

"我已经撤回了参与罢工的兄弟。"唐汉庭说，"我能做的只有这些。"

"这是远远不够的，如果我预计得不错，工部局很快会停电、停水……用不了多久，上海的工商业就会撑不下去，接着是失业的工人，再接着，就是双方坐下来找一个体面的台阶下……你我都清楚，那些工人很快会回到工厂。"原田健一一边说着，一边走进院子。他站在一个猪圈前，扭头看着唐汉庭，说，"汉庭君，任何联盟都有瓦解的时候，但任何合作也有开始的时候。"

"那你是选择开始，还是结束？"唐汉庭仍然笑呵呵看着原田健一。

"凭你在上海的实力，你根本不需要收购我们的纱厂，你随时可以自己买地、建厂、开工。"原田健一的目光变得像鹰一样锐利，盯着唐汉庭的脸，说，"既然是生意，你就得说实话。"

唐汉庭叹了口气，说："实话就是我志在必得。"

"你要知道，我不光是个生意人。"原田健一笑了。他笑着对唐汉庭说："据我所知，你急着要那些工厂，是因为你手里有大批的军需订单，它们属于广州的革命军，我还知道，住在礼查饭店顶楼的陈先生是你老朋友的侄子，他在上海就是为了采购军需物资。"

唐汉庭脸上的笑容消失了，说："原田君，你也要知道，我也不光是个生意人。"

"看来我们都把事情想复杂了。"原田健一仍然微笑着，说，"如果我要阻止你，当初只需随便打几个电话，我想，不管是齐燮元、孙传芳还是张学良，他们都会派军队来剿灭你的大风堂。"

唐汉庭点了点头，很久才说："这么说来，你是在等我上钩。"

原田健一摇了摇头，说："该演的戏还是要演的，在上海，有很多眼睛在盯着我们，你的背后有，我的背后也有，你我都不能走错一步。"

"你明白就好。"唐汉庭说，"我可以绑你，也可以把你埋在这个猪圈下面。"

"死人是不会在合同上签字的。"原田健一又笑了，一指边上的堂屋，说，"我想你的合同就在里面的桌子上。"

"不光是合同。"唐汉庭直视着他，说，"这些年你们一直在中国搞旅行调查，我需要你收集的那些直奉皖各系的兵力部署。"

"情报也是一种交易。"原田健一脸上看不出丝毫的意外。他若无其事地说，"你用什么跟我交换呢？"

唐汉庭想了想，没有说话，而是扭头看着一直站在院门口的瑞香。

"放心，你们国家的统一符合大日本帝国目前的利益。"原田健一接着说，"我们只是要对你们的革命政府作出重新评估。"

"以便你们日后的入侵？"

"汉庭君，你太过分了。"原田健一说完，低下头，但很快又抬起来，说，"以后的事，我们谁也不知道。"

几天后，巡捕房解救这两起绑架案的行动分别被刊登在报纸上，但很少有人会去留意。人们更关心的是发生在上海的这场大罢工。它已经演变成一场反帝的爱国运动，此刻正像烽火一样燃遍了整个中国。

唐汉庭回到四公馆已是深夜。瑞香披着一头湿发从浴室里出来，盯着他的脸看了好一会儿，说："你把我当成了你棋盘里的一颗子。"

"这是一场戏，我不下本钱把它做足了，原田不可能入这个套。"

"你不一样掉进了他的圈套？"

唐汉庭笑了，拿过一块毛巾，仔细地替瑞香擦干头发后，说："我们都是别人棋盘里的一颗棋子。"

就在两个小时前，唐汉庭踏进礼查饭店顶层的那间套房，年轻的陈先生上前紧握住他的手，说："先生做的这一切，我们不会忘记。"

"我只是你们校长的一把夜壶。"唐汉庭笑着在一张沙发里坐下，说，"用完了，迟早会被塞回床底下。"

陈先生的笑容里带着窘迫，说："先生言重了。"

"好了，我们说正事吧。"唐汉庭说，"原田同意合作，作为条件，他需要用你们的情报作为交换。"

"这是意料中的。"陈先生点了点头，说，"我们今天做的，就是为了将来……"

唐汉庭一摆手，淡淡地说："将来给我戴上汉奸帽子的说不定就是你们。"

陈生先赶紧说："先生多虑了。"

唐汉庭说："我们谁也不知道将来。"

陈先生想了想，说："先生若要退出，现在还来得及。"

08

四公馆的客厅里又恢复了往日的喧哗，如同什么事都没发生过。瑞香每天弹琴、唱戏，有时也组班出来参加赈灾义演。四太太的名声就像她的唱腔一样响遍了上海的大街小巷。

两年后的春天，北伐军沿长江而下，进驻上海还不到一个月，就开始执行蒋介石的清党密令，向租界外的工人纠察队发起突袭。无数的共产党人与无辜市民倒在血泊中。

甫光就死在这天早上，就在瑞香让保镖把他由寄宿学校接回家的途中。轿车刚驶入一个路口，身穿灰布制服的军队与迎面而来的工人纠察队忽然交火。子弹从路的两头像冰雹般打在车厢上。等到那两名保镖护着甫光冲出车厢，油箱已被射穿。他们用身体挡住了飞来的子弹，却阻挡不了满地的汽油在枪火中引燃。

当晚，二十六军的一名军官带着四具烧焦的尸体来到四公馆时，瑞香把自己锁在甫光的房间里。她把儿子的衣服一件一件从箱子里拿出来，一件一件地摊开，从他出生时的到现在，铺满了床上与整间的地板。然后，跪坐在地板上，很久才捧起其中的一件，捂在脸上，但没有哭泣，也没有落泪。

瑞香只是不停地在颤抖。

天快亮的时候，唐汉庭推门进来，站了好一会儿才蹲下身，拉起瑞香的一只手，说："该入殓了。"

瑞香轻轻地抽回她的手，开始收拾这些衣服，跪在地上，把它们一件一件重新叠好，放回衣箱后，挑出一套格子呢的小西装，说："这是给他生日做的，再过四十八天就是他八岁生日。"

说完，她把这套小西装放进唐汉庭手里，头也不回地去了隔壁甫成的房间。在黑暗中脱掉外衣，爬上床，钻进被子，把熟睡的小儿子紧紧地搂进怀里。

瑞香到了这时才开始流泪，但始终没有哭出声来。

唐家大少爷甫仁坐邮轮从法国回来那天，胡石言在码头上整整等了一个多小时，就像当年迎接从日本归来的唐汉庭，一直等到船上的旅客都下完了，才远远看见甫仁缓步走下舷梯。跟他父亲不同，甫仁手里提的不是行李，而且挽着一名金发碧眼的西洋女子。

胡石言叫了声大少爷后，看了眼西洋女子粉红的小脸颊，低下头想起的却是妓院里那些落魄的白俄罗斯姑娘。

甫仁若无其事地说："这是少奶奶，你也可以叫她艾丽丝。"

胡石言想了想，恭恭敬敬地叫了声："少奶奶。"

艾丽丝是位法兰西平民的女儿。傍晚时分，唐家人聚集在小客厅里，她以中国的礼节——拜见后，给每个人捧上礼物，就连唐家的用人们也不例外。唐汉庭没有表态，只是不停地把玩着儿媳妇送他的礼物——一根银柄镂花的斯的克。

饭后，一走进书房，唐汉庭随手就把那根文明棍插进画缸，回身看了眼儿子，说："这就是你们所谓的自由？你可以连婚姻大事都不知会家里一声？"

甫仁笑了笑，说："我是怕你们反对。"

唐汉庭在一把红木椅子里坐下，说："我记得我娶你四娘时，还写信告诉过你。"

甫仁又笑了，说："我明天就去看望四娘。"

"那不叫看望。"唐汉庭说，"那叫拜见。"

"是。"甫仁说，"我明天就去拜见四娘。"

唐汉庭指了指边上的另一把椅子，示意儿子坐下后，才第一次仔细地看着他，说："说说你弟弟吧。"

甫仁想了想，说："去年他就离开巴黎大学的美术系，去了德国……是慕尼黑的军事学院。"

"你是大哥，你不阻止他，也应该写信告诉我。"

"我是阻止不了他的，您知道的，从小我就进不了他跟二妹的圈子。"说着，甫仁抬眼，同样第一次直视着父亲，说，"另外，我想，他有选择他学业的自由。"

唐汉庭长久没有说话，靠在椅子里，一直等到用人把他的茶端进来，放下，退出后，才看着那扇重新关上的门，说："既然回来，就别再走了……家里有很多事需要你帮忙。"

甫仁说："我是学医的。"

"跟你学什么没关系。"唐汉庭说，"有些事……是责任，不是兴趣。"

说完，他端起茶杯，直到儿子起身离开，都没有再说一句话。

第二天，甫仁带着妻子来到四公馆时，瑞香正在琴房的窗前弹奏古筝。自从儿子的葬礼后，几乎有整整一年，她没有出过公馆大门半步，也很少邀人票戏。瑞香常常是点上一炉香，要么一个人坐在窗前抚琴，要么就关在书房，站在桌边挥毫泼墨。瑞香作画时，就像个不羁的男人，留在宣纸上的都是水墨写意，大起大落，酣畅淋漓，但脸上的表情却越发地沉静，好像在这个世界上，除了纸上的那些水墨再没有别的。

甫仁并没有按规矩称瑞香为四娘。一见面，就微笑着叫了声四太太，如同是多年不见的老朋友，一直到起身告辞，才收起脸上的笑容。

走到门口时，他回头又叫了声四太太。犹豫了一下后，说："我想请你帮个忙。"

瑞香淡淡地说："只怕我帮不上你的忙。"

"你能帮。"甫仁说，"我是个内科医生，我在巴黎就已经开业了。"

瑞香说："这话你应该对你父亲去说。"

"我说过。"甫仁看着她，说，"所以我需要你帮忙。"

瑞香想了想，说："其实，除了医生，你还是唐家的长子。"

"问题是我做不了家里的生意。"甫仁说，"也从没想过要去做。"

瑞香说："这话还是应该对你父亲去说。"

"你知道他为什么把我们兄妹送到国外？"甫仁说，"就是怕我们会沾染上他那种刀光剑影的生活，这是他当年亲口对我说的。"

"现在不一样了。"瑞香仍然平淡地说，"你在法国待得太久了。"

09

唐汉庭的许多生意已经从偏门转入了正行。现在，他身兼着上海纺织协会的理事长、两家银行的董事长与三家报社的社长，在他名下不仅有码头、赌场、跳舞厅，还开办了学校与医院。另外，他还有一个从不向人提及的身份，就是上海特别市政府的少将参议员。

在他五十岁寿辰那天，远在南京的陈先生专程派人送来了礼物——一套马裤呢的陆军少将制服，领章上缀着一颗纯金的将星。唐汉庭穿在身上，对着镜子默默地站了很久，直到瑞香进来，从衣帽间里挑出一身长衫与马褂，一声不响地伺候他换上。

唐汉庭长长地吐出一口气，用手抚摸着她的脸，说："还是你最知道我。"

瑞香抿嘴笑了笑，挽起他的手，说："我也知道，你是为了我。"

这一次，唐汉庭一反常规，不仅把他五十岁的寿宴摆在四公馆，而且盛况空前。早在几天前，他就让人在花园里搭起了戏台与凉棚，还请来了上海最有名的四大戏班，从早上开始，就在那里一出出地往下唱，就像是场千载难逢的飙戏，一直到入夜，台上台下的热情都没有半点退却。

夜深之后，唐汉庭让人拿来一条披肩，亲手给瑞香披上后，在她耳边，说：“这才是你每天该过的日子。”

可是，事情就出在单家班压轴的那出《长坂坡》上。扮演赵子龙的是新近唱红的年轻武生单小蛉。他在唱罢那句“勒马向北去探寻”，亮完相后，忽然一个转身，把提着的素缨枪奋力掷了出去。

台下的观众还没明白是怎么回事，白色的素缨枪已经贴着唐汉庭的脸颊，砰的一声扎入了他座位后面的紫檀屏风，发出一片嗡嗡之声。但是，唐汉庭端坐不动，手里仍然握着他的茶杯。他用一种奇怪的眼神看着已经乱作一团的舞台。

等到宾客散尽，单小蛉被扔到唐汉庭脚下时，已被打得遍体鳞伤。

唐汉庭仔细端详完那张尽是油彩与血污的脸，抬头看着还在一边哆嗦的单铁生，对胡石言说：“把包银给他，让他们都走吧。”

须发皆白的单铁生被两名保镖架出很远后，忽然一嗓子：“唐先生，手下留情哪。”

唐汉庭叹了口气，继续看着单小蛉，说：“你这样一下子会连累很多人，你就没想过他们吗？”

单小蛉愣了愣，睁大眼睛看着唐汉庭，但他的眼神很快变得充满挑衅。

唐汉庭又叹了口气，起身，对始终站在一侧的瑞香，说：“让人送他去医院吧。”

说完，他扭头去了书房。一进门，等候多时的原田健一匆忙迎上来，说："我提醒过你，有人会对你下手的。"

唐汉庭坐下，淡淡地说："他们要杀我，是因为我跟你们走得太近了。"

"你应该把他交给我。"原田健一说，"他背后的组织对我们很重要。"

唐汉庭笑了，说："你等我这么久，不会是为了一个刺客吧？"

原田健一的面容开始变得严峻，重新坐回椅子里后，说："汉庭君，溥仪两天前已从天津动身，他此行的目的地是满洲。"

唐汉庭不以为然地说："我跟这位逊帝素无往来。"

如果他重新登基，成为满洲的皇帝呢？

那对你们来说只是多了一个傀儡，但他这辈子都会被钉在耻辱柱上。

可这是历史的潮流。原田健一意味深长地说："汉庭君，你也可以成为上海的无冕之皇。"

唐汉庭的目光变得阴沉，他盯着原田健一，一字一句地说："你们只是想把国人的注意力从满洲转移到上海。"

原田健一点了点头，话锋一转，说："如果我们愿意出巨资，由汉庭君来承办一家银行呢？中国最有实力的银行。"

控制金融业，就控制了上海的工商界……上海是个可以号召全中国的地方，也是个可以控制你们日本经济命脉的地方。唐汉庭叹了口气，说，但上海不是满洲，那只能是你们的妄想，你们控制不了上海。

原田健一也跟着叹了口气，正色说："汉庭君，如果你拒绝，我们的合作只怕就到头了。"

唐汉庭淡淡地说："九一八后，你我之间的合作已经到头。"

原田健一愣了半晌后，慢慢地起身，恭恭敬敬地鞠了个躬后，说："那……原田告辞了。"

唐汉庭点了点头，半靠着坐在那把红木椅子里，很久才像从梦中惊醒那样，快步走到门口，一把拉开书房的大门，说："备车。"

天快亮的时候，唐汉庭从外面回来，带着一身寒气悄悄地爬上床，发现瑞香在黑暗中睁着她那双黑白分明的大眼睛。

"睡吧。"唐汉庭略带疲惫地说，"天快亮了。"

瑞香说："你的五十寿诞就这么过了。"

唐汉庭叹了口气，没有说话，无力地闭上眼睛。

长久的寂静之后，瑞香忽然又说："你为什么要放他一马？"

唐汉庭仍然闭着眼睛，说："一个人能把戏唱到这分儿上，不容易。"

瑞香扭头，眯起眼睛，像是要把这个枕边的男人看得更清楚，但她只能把许多想说的话咽回肚子。瑞香说："我把他送走了。"

唐汉庭翻了个身，说："睡吧。"

瑞香没有再出声。过了很久之后，她忽然钻进唐汉庭的被子，拿过他的手臂，枕在自己头下，把整个人都依附在他身上，紧紧地缠绕着，就像生怕他会突然从床上消失那样。

每年元旦，英国总领事馆里都会举行盛大的迎新年晚会，应邀前来的都是租界里的名流与驻沪的各国代表。今年也不例外。虽然，上海街头的反日抵货运动从未停歇，日侨们也头扎白带走出租界举行抗议，双方冲突不断，凛冽的寒风中不时有警笛声传来，但英国总领事馆的宴会厅里灯光通明，暖气与女人们的笑声在肖邦的圆舞曲里就像春风一样拂面。

英国总领事夫妇是唐汉庭多年的老朋友。所以，当侍者领着他与瑞香去二楼小客厅的一路上，唐汉庭并没有半点顾虑。他在走上楼梯时还笑着对瑞香说："我得给你请个英国教师，这种时候英文就派上用场了。"

可是，唐汉庭的笑容在步入小客厅的瞬间收敛。他看着起身相迎的原田健一，说："我一直以为总领事是我的朋友。"

"他也是我的朋友。"原田健一微笑着躬完身，朝垂立门边的两名随从摆了摆手后，对着沙发做了个请的手势，正色说："汉庭君，不管时局怎么变，我想，朋友总归还是朋友。"

三人入座后，唐汉庭看着摆放在茶几上的清酒与酒具，说："是朋友你就该知道，我从不喝酒。"

来中国前，家父给了我这瓶酒，他说哪里能喝到大关的清酒，哪里就是我的家乡。说着，原田健一打开封口，小心翼翼地倒满三个杯子，再抬起头来时，眼里已经多了一种说不出来的忧伤。他看着唐汉庭，说："我在上海待了十五年，我想，是时候回我的家乡了。"

唐汉庭没有说话，只是看着他。

原田健一继续说："从东京帝国大学的预科班算起，我们认识也快三十三年了。"

唐汉庭愣了愣，看着原田拿起一杯一饮而尽后，说："这里不适合我们叙旧。"

"我想请你来我家里，就像我们在大学里那样促膝长谈，可你会赴约吗？"原田健一说着，话题一转，"汉庭君，我们成为真正的敌人也许只是个时间问题。"

唐汉庭脸色有点变了，很久才说："我也不会为了这个破例跟你干杯的。"

原田健一笑了，说："我知道你的酒从来是由四太太代喝的……所以你放心，就算真的要杀你，我也不会愚蠢到在酒里下毒。"

说着，他又拿起另一杯酒，就在举到嘴边时，被唐汉庭伸手拦住。

唐汉庭从原田健一的手里拿过酒杯，用另一只手抓起酒瓶，把那个喝空的酒杯斟满后，递给瑞香，说："我们就陪原田君喝一杯，为了我跟他这三十三年的交情。"

原田健一看着桌上仅剩的那杯清酒，眼中的忧伤更加浓郁。他说："你从来没有把我当成你的朋友。"

唐汉庭不动声色，举着那杯清酒一直等到原田健一拿过茶几上的酒杯，举到嘴边，慢慢地喝完，才一仰脖子，喝干后，说："我只是不相信，你费了这么大心思，就为请我喝一杯大关的清酒。"

原田健一坐直身体，用力一低头，说："原田还是那句话，请汉庭君审时度势，能够成为我们大日本帝国真正的朋友。"

唐汉庭叹了口气，拉起瑞香的手，说："我们走吧。"可是，还没走下楼梯，他一下就站住了，看着瑞香说："要是他算准我会喝他手中那杯酒呢？"说着，唐汉庭拉起瑞香就往外跑。上了车，不等保镖跟上来，就吩咐司机，说："快，去医院。"

汽车驶往医院洗胃的途中，唐汉庭始终双眉紧皱。在长久的沉默之后，他附在瑞香耳边，说："如果我活不过今晚，有些事你必须要替我去做完它。"

瑞香笃定地说："就算要下毒杀你，我想他也不会蠢得自己动手。"

"但我不能不防。"唐汉庭说，"我们都知道，只有把对方送进坟墓，才能真正守住我跟他之间的那些秘密。"

"你就不该对我说这些。"瑞香说，"这是你们男人间的事。"

"你听我说。"唐汉庭第一次显得有点粗暴而急躁，抓着瑞香的手说他要是真的出了事，他要瑞香天亮后就去霞飞路226弄的12号，去找一个叫余十眉的男人，告诉他要注意日本的海军，他们随时会进犯上海，同时还要提醒吴淞口的守军加强戒备，那里是日本海军陆战队最有可能登陆的地方。说完这些，唐汉庭像是稍稍松了口气，接着又说早在几年前，他在闸北买下了一排货仓，钥匙就锁在书房的保险柜里，如果日本军队真的打进上海，他要瑞香把那串钥匙交给守军的总指挥。唐汉庭说，炸掉那里，就是一条通向日租界的大道。

瑞香看着他，那眼神，好像从来不曾认识过这个朝夕相处的男人。

唐汉庭这时却笑了，但这笑容转瞬即逝。他把瑞香的手抬起来，贴在嘴边，使劲地嗅了一会儿后，直起身子，看着车灯直射的前方，说："你要知道，我们这个国家才是那个最大的帮会，就算抽筋剥皮，我们都摆脱不了。"

瑞香没有出声，她轻轻地抽回自己的手，用力挽住唐汉庭的胳膊，闭上眼睛，把头轻轻地靠在他肩上。

唐汉庭长长地吐出一口气，忽然说："如果我二十岁前能娶到你，我想我们的今天不会是这样子。"

瑞香还是没有出声，也没有动弹。她只是更紧地挽着他，一直到汽车驶进医院的大门。

唐汉庭就是在他自己开设的医院台阶前中弹的。杀手穿着医生的白大褂，在跑下台阶的同时，两枪击倒已经下车的司机，然后向车内连续射击，直到打完弹夹里的子弹，才拉开车门看了眼后，脱掉白大褂，从容地离去。

唐汉庭俯在瑞香身上，他用身体挡住了所有射入车内的子弹。

手术做到一半的时候，新年的第一缕曙光透过走廊的窗户照在墙壁上。亲自主刀的院长推开手术室的门，用一种沉痛的眼神看着站满门口的唐氏家人，沙哑地说："进去见最后一面吧。"

走廊上发出些许轻微的骚动，但很快恢复了安静。每个人都根据自己在唐家的位置，排着队鱼贯进入手术室。

空气在瞬间如同血液般开始凝固。

唐汉庭中弹的地方都在背部，此时却已经仰面躺在手术台上，鼻孔里插着氧气管，手上还在输血。他用一种无力的眼神看着他的家人们，直到那目光在无影灯下无力地涣散。

10

瑞香第二次见到余十眉是在唐汉庭的葬礼后。

唐汉庭的葬礼虽然仓促，却是近十年来上海滩最隆重的葬礼。不仅南京的许多要员派人送了花圈与挽联，就连远在北平的张学良都发来唁电，但更多的还是他生前的门生与故友。

送葬的队伍在满天雪花中几乎排满了整条胶州路。巡捕房不得不出动大量的人手维持治安，同时也是监视。

瑞香穿着一身丧服回到四公馆时已是深夜。一进门，就见端坐在沙发里的余十眉匆忙起身，深深地鞠完一躬后，说他的身份不允许他出现在葬礼上，但请四太太接受他对唐先生的深切哀悼。

瑞香不想说话，疲惫地靠在另一张沙发里，用一种冰冷的眼神看着这个斯文而消瘦的中年人。

余十眉在沉默了片刻后，说："我们知道，接下来四太太就会对原田健一下手了。"

瑞香长长地吐出一口气，过了很久，才像叹息一样，说："今天是唐先生大殡的日子。"

余十眉低下头，说："四太太，如果不是事关重大，我不会在这个时候来府上。"

"那你更应该知道，原田健一早在四天前坐船回国了。"

"我们当然知道，我们还知道接替他的人叫金碧辉，又名川岛芳子。"余十眉说，"可我们更想知道，四太太为什么也派人去了日本。"

"余先生，这种时候你们的调查科更应该盯着日本人，而不是一个悲伤的寡妇。"

"原田不是普通的日本人……现在中日关系如箭在弦上。"余十眉说，"四太太，这会引起战争的。"

瑞香坐直了身子，用一种比她眼神更冷的声音说："如果是战争，那也是我一个人的战争。"

"如果四太太一意孤行，只怕会连累到整个大风堂。"余十眉在威胁人时，语气听上去总是那么的温婉。

瑞香忽然发出一声冷笑，说："唐先生都下葬了，侬觉得还会有大风堂吗？"

余十眉低下头，说："为了这个国家，余某恳请四太太三思。"说着，他抬起头，郑重地又说："这也是陈先生的意思。"

瑞香拿过用人早就放在一边的热水袋，捂进手里，就像在努力抵御寒冷那样，紧咬住嘴唇，看着余十眉，再也不说一句话。

第二天雪停了，天却冷得出奇。管家胡石言从外面匆匆赶来时，瑞香仍然坐在客厅的沙发里，一动不动，脸色僵硬就像是尊没有温度的蜡像。

胡石言无声地咽了口气，说："四太太，您应该上楼去躺一会儿。"

瑞香动了动，好一会儿，才如梦方醒般抬起眼睛，说："我让你办的事呢？"

胡石言打开公文包，取出一个牛皮纸的信封，放在茶几上，说："都在里面了。"

瑞香点了点头，说："人呢？"

"还在找。"胡石言想了想，说，"四太太，其实……大风堂有的是办这种事的人。"

"能用大风堂的人，先生就不会嘱托给我了。"瑞香说着，拿起茶几上的信封，喃喃自语道，"我是得上楼去躺一会儿了。"

胡石言在瑞香快走到楼梯口时，忽然又叫了声四太太。他从公文包里掏出一份报纸，上前，说："四太太，这是昨天葬礼时发生的。"瑞香扶着楼梯的栏杆，看着他，一直看到他接着说："昨天童律师的办公室里发生了火灾，他在赶去的路上出了车祸……"

"你想告诉我什么？"

"昨天晚上，童律师被人用枕头闷死在了医院的病床上，家里也遭到了洗劫。"胡石言犹豫了一下，说，"四太太应该知道，先生曾在童律师的事务所里立过一份遗嘱。"

瑞香的眼神一点一点暗淡下去，好一会儿才淡淡地说："你觉得大少爷是这样的人吗？"

胡石言没有回答。他避开瑞香的目光，小心翼翼地说："童律师跟先生是二十多年的老交情了。"

瑞香垂下眼帘，慢慢地转身，沿着楼梯一步一步地往上走。可是，走到一半的时候，她忽然站住了，重新慢慢地转回身来，用一种更缓慢的步履，一步一步下到胡石言的面前，说："你回去告诉大太太，我明天就把甫成送去大公馆。"说着，她仰起脸，看着客厅中央那盏硕大的水晶吊灯，就像是在对自己说："这种时候，一家人还是待在一起的好。"

安庆城外的山野间银装素裹，阳光照在积雪上格外耀眼，同时又格外的无力。瑞香从一辆马车上下来，下意识地裹紧裘皮大衣，站在平川书院的大门外。如今，这里已经改换门庭，门楣的上方高挂着一块匾额，上面篆着三个金粉的隶书：玉楼春。

宝姨已经有点发福，虽然盘着一个时髦的发髻，脸上却看不出半点妓院老鸨的风情。她捂着一个紫铜的手炉，微笑着站在挂满灯笼的厅堂里，但更像是故意要羞辱瑞香那样，吩咐龟奴，说："去，把姑娘们都叫出来，让她们都来见识见识。"宝姨微笑着对瑞香说："你可是我们这个鸡窝里飞出去的一只金凤凰。"

瑞香跟着笑了笑，伸手摘下戴着的貂皮风帽，掏出一朵白色绒花插在鬓边，说："现在我是个寡妇。"

宝姨脸上的笑容没有了，又看了瑞香一眼后，发出一声浓重的叹息，说："那么多年了，你还回来干什么？"

瑞香再次见到金先生时，他仍然躺在那张烟榻上。屋里的花架上，仍然摆放着一盆即将盛开的金边瑞香。如同一下回到了十二岁那年，瑞香站在这股久违了的鸦片烟的气息里，竟然变得有点恍惚与无措。

金先生剃着一个光头，脸上除了那两道浅淡的眉毛外，干净得没有一根毛发。一直等到宝姨离开，他才缓缓地吐出最后一口烟，噗的一声吹灭烟灯，缓缓地坐起身来，说："你来得有点突然。"瑞香张了张嘴，金先生不等她开口，接着又说："我知道，我每天都看《申报》。"

瑞香低头走到一把椅子前，坐下后，说："我一直把这里当成我的家。"

金先生笑了笑，说："当初你委身于我，就是为了能离开这里。"

瑞香摇了摇头，说："当初……我只是不想出去做妓女。"

“但你还是做了。”

“我得活下去。”瑞香说，“我去单家班找过你的。”

“你真的要找我，就不会去单家班了。”金先生说，“你知道的，只要我活着，我就会在这里。”

瑞香垂下眼帘，说：“是。”

金先生站起身，走到她旁边的另一把椅子跟前，重新坐下后，想了想，说：“十七年前，唐汉庭来这里是让我去杀袁世凯。”

“他已经被人杀了。”

“杀人者迟早会被人杀。”金先生说，“这很正常。”

瑞香低下头，忽然无端地说：“我一直把你当成我的父亲。”

金先生愣了愣，又笑了，说：“今天你来是让我去杀谁？”

瑞香抬起头来，却没有说话。

这时，一名龟奴敲门进来，凑到金先生耳边低语了几句后，又躬身退出去。

金先生看着瑞香，说：“你还带了人来？”

瑞香摇了摇头，说：“看来他们是想把我永远留在这里。”

金先生沉吟了一下，说：“你把这里当成家，这里就是你的家。”

但瑞香还是住进了镇上的客栈。晚上，呼啸的北风贴着屋面吹过，如同鬼哭狼嚎般揪人心肺。瑞香蜷缩在被子里，许多往事就像窗缝里挤进来的风，丝丝缕缕，若有若无，却冷得钻心。瑞香忽然抱紧枕头，用尽全身的力气，咬紧了嘴里的牙齿。

第二天一早，金先生走进客栈敲开了她的房门，把一支手枪与两把匕首一起放在桌上，说："那两个人就关在后院的柴房里，他们到天亮才开口，说他们的老板叫唐甫仁。"

瑞香平静地看着他，说："我知道。"

"假如派来杀你的人不止这两个呢？"金先生看了看屋里的陈设，说，"你还是住到玉楼春去吧。"

"我得走了。"瑞香低下头，说，"看来我是来得太突然了。"

"那你不是走得更突然？"金先生慢慢地在桌边的圆凳上坐下，拿起那把手枪，熟练地把弹夹退出后，又把子弹推上膛。他的眼睛深处似乎有了某种神采，抬头看了眼瑞香，又说，"我在等你说。"

11

淞沪抗战爆发当夜，大批日本海军的陆战队员在空中掩护下，由闸北攻入上海，迎头就遭到十九路军的阻击。在此后的33天里，双方不断派遣军队投入到这场战争。上海在顷刻间沦为了人间地狱，枪炮声日夜不绝，无数的房屋被炸毁，街道上血流成河，哀号遍地，到处是死伤的将士与无辜遭难的平民。但是，公共租界的十里洋场依旧灯红酒绿，一到晚上，从华懋饭店的窗口望下去，除了远处传来的爆破声与偶尔升上夜空的照明弹，还有那些停泊在黄浦江上已经解掉炮衣的各国军舰，几乎没有人能感觉到战火正在这座城市蔓延。

瑞香由水路回到上海后，一个人悄悄地住进了华懋饭店的十二楼，第二天一早，就雇车去了工部局的警务处。

半个小时后，巡捕房的一辆警车拉着胡石言离开唐公馆，等他走进警务处长的会客室，脸上仍然难掩惊魂不定之色。胡石言睁大眼睛看着独坐在沙发中的瑞香，说："四太太，出什么事了？"

"没什么。"瑞香淡淡地说，"这个警务处上上下下收过唐家那么多钱，现在替我办点事也是应该的。"说着，她一指旁边的沙发，示意胡石言坐下后，又说，"我想，我们在这里见面是最安全的。"

胡石言的脸上起了细微的变化。坐下后，他说："四太太是信不过我。"

瑞香叹了口气，说："这种时候，一点差错都会让我送命。"

胡石言沉默了一会儿，说："您要我找的人，我找到了。"

"好。"瑞香说，"你这就带他来这里。"

"这里是警务处。"胡石言说，"他的案子还没了结呢。"

瑞香想了想，拿起搁在手边的坤包，说："那好，你带我去见他。"

胡石言坐着没动，抬头看着已经站在面前的瑞香，说："四太太信得过我吗？"

瑞香淡然一笑，说："信不信得过，去了这趟不就都知道了？"

胡石言带着瑞香去的地方是湖州会馆。那里到处是残垣断壁，大半个院子已经被炮火摧毁。瑞香在一间摇摇欲坠的小屋里见到单小蛉时，他的脸上蓄满了浓密的胡须，正跟几个苦力打扮的男人挤在一堆篝火边取暖。

瑞香叹了口气，看着起身走到她面前的年轻人，说："我让你住在上林雅院，你为什么要离开？"

"我不是嫖客。"单小蛉说，"我不能一辈子躲在妓院里。"

瑞香又叹了口气，说，"现在你应该知道唐先生是什么人了？"

单小蛉低下头，看着自己的脚尖，说："是我们的情报不准确。"

瑞香点了点头，走到院子角落半张碎裂的石桌前，从包里掏出一份地图，摊开后，指着上面的一个地方说："知道这是什么地方吗？"

单小蛉凑着脑袋看了好一会儿，说："这个位置，应该是日本人开的九宫棋院。"

"那是表面上。"瑞香说，"它还有个不为人知的名字，叫东亚经济研究会，是日本外务省的一个情报机构。"

单小蛉扭头看了眼胡石言后，用一种更加惊讶的眼神看着瑞香。

瑞香收起地图后，直截了当地说："我需要你召集你们的反日铁血团，捣毁它们。"

单小蛉笑了，说："你们当初留我一条命，就为了今天利用我。"

"这是利用吗？"瑞香迎着他的目光，说，"你有胆子来杀唐先生，难道就不敢让你的兄弟们去对付真正的日本人？"

"铁血团不是由我一个人说了算的。"

"我知道，但如果你们真的是想反抗日本，你们真的有一腔铁血，那谁说了都一样。"

单小蛉的两只眼睛仍然一眨不眨地盯在瑞香脸上，就像要把她看透那样，很久才说："你是个女人，你为什么要这样做？"

瑞香说："你也只是个唱戏的，你为什么要刺杀唐先生？"

离开湖州会馆的一路上是条布满瓦砾的街道，两边的房屋大都已经被炸毁。胡石言跟在瑞香后面走了会儿，忍不住说道："四太太，您让我查过的，那个铁血团都是些大学生，还有就是南洋回来的华侨子弟……"

"你想说什么？"

"我想说，这么一帮人靠得住吗？"

"你又想跟我提大风堂？"瑞香站住，看着胡石言，忽然问道，"我离开上海总共有几天？"

胡石言愣了愣，说："整整十三天，我每天都在算着日子。"

"这十三天里一直有人在追杀我。"

"绝不会是大风堂的人。"胡石言想了想，说，"大少爷一心都在生意上，他要对付那些趁机想接盘的股东。"

瑞香冷冷地一笑，说："看来大少爷不光是个内科医生。"

唐家的生意是不能落入外人手里的。胡石言说："四太太，我想大少爷从没把您当成过绊脚石。"

瑞香又发出一声冷笑，说："如果是眼中钉呢？"

"四太太，我六岁陪先生进私塾读书，先生就拿我当他是自己兄弟。"胡石言看着瑞香，说，"四太太，唐家就是我的家。"

这时，远处的枪声又开始密集起来。瑞香仰脸深吸了一口气后，从包里掏出一串钥匙，交到胡石言手里，说："这是闸北东昌货仓的钥匙，后面的马路直通日租界，你去把它交给十九路军的蔡长官，告诉他，作为交换，我们需要武器与炸药。"

胡石言握着那串钥匙，想了想，说："四太太，您还是再想想，这么大的事，是不能出半点岔子的。"

瑞香断然说："三天后，你把武器与炸药送到上林雅院，你要亲手交到单小蛉手上。"

说完，瑞香最后看了他一眼，转身沿着这条布满瓦砾的长街，深一脚浅一脚地离去。胡石言始终站着没有动，目光追随着她跌跌撞撞的背影，直到在拐角处消失，才无声地吐出一口气，低头看了眼手中那串粗粝的钥匙。

十九路军撤离上海的第二天深夜，瑞香只身来到上林雅院。在后院的一间花房里，她把一只精美的首饰盒轻轻推到单小蛉面前，说："分给你的弟兄们，然后离开上海。"

单小蛉打开首饰盒看了眼，里面都是瑞香佩戴过的珠宝。他啪的一声合上盖子，把它重新推回瑞香面前，说："我们哪儿都不会去，我们就留在上海。"

"日本人会来报复的。"瑞香顿了顿，又说，"你的通缉令还贴在巡捕房的公告栏里。"

"通缉令不是问题，我相信你有办法把它撤销掉。"单小蛉说着，直起身，打量了一下四壁，又说，"这里挺不错的，你应该帮我换个更亮堂的房间。"

"这里是妓院。"瑞香说，"你不是嫖客。"

单小蛉笑了，拿起桌上的茶壶，往杯子里注满水后，递到瑞香手里，忽然说起了他的身世。他说他从小就是个孤儿，是单铁生在西直门外的胡同口把他捡了回来。

其实，我们在单家大院里就见过面……那时，我还是个刚满七岁的孩子。单小蛉说着，放下自己手中的茶杯，用力搓了搓那两只有点泛红的手掌后，抬眼看着瑞香，又说："我原先的名字叫韩初九，以后你可以叫我初九。"

瑞香紧闭着嘴唇，一直到起身离开都没有开口说一句话。在经过回廊时，老鸨阿九显然已等候她多时，手里拿着一个牛皮纸的信封："说，打仗那会儿就寄来了，你不来，我也不知道让人往哪里送。"

接过信封，瑞香看了眼，见到上面的落款处只写了两个潦草的"金缄"。她长长地吐出一口气，还是没有说话，只是拉起阿九的手，用力捏了一下。

瑞香一直等回到华懋饭店的房间后，才拆开那个信封。里面是张日文报纸，上面不仅刊登着原田健一的死讯，还配有一张他仰面靠在沙发上被拧断脖子的照片。这是她跟金先生的约定——一旦刺杀成功，而且金先生还活着，她就会收到一张当地的报纸。

事实上，原田健一并没离开中国。他在十六浦码头登上驶往日本的大丸号邮轮，可当船停靠大连港加水时，他却步下舷梯，钻进了一辆早已等候的车里，直接来到设在儿玉町的南满洲铁道株式会社，第二天就接任了下设的调查部部长一职。

"他必须得死。"瑞香说，"这不光是为了唐先生。"

"可不一定非得由我去下手。"金先生说，"大风堂里有的是人。"

"但能接近他的人不多。"瑞香盯着金先生的眼睛，一直到把胸中的那口气全部呼出来，才缓缓地又说，"你们在东京时就认识，我在一次闲谈中听他提起你，说你的《挑滑车》已成绝唱。"

金先生没有说话。他看着瑞香把一个信封放在桌上。

"这里是船票，还有他的近照。"瑞香接着说道，"现在，每个人都以为他已经回国，我也派了很多人去日本追杀……我想我已经调开了所有的视线。"

金先生笑了，等他抬起头看着瑞香，眼睛里却没有半点笑意。

过了很久，金先生拿过桌上的信封，打开看了眼后，说："如果你还在我身边，我想……你绝不会是现在这样子。"

瑞香漠然地说："这是我的命。"

金先生在起身离开时，走到门口，忽然回头看着瑞香，说："如果这一趟我回不来呢？"

瑞香愣了愣，站在桌边，伸手紧抓住桌子的一角，说："我会想念你，我会给你披麻戴孝。"

金先生回到玉楼春的后院就跟往常一样，躺在烟榻上一口接着一口地抽他的大烟，直到过足了瘾，才迷迷糊糊地闭上眼睛，醒来时已是午后，天色变得格外的阴沉。他让人打来一盆热水，就像早晨起床那样，仔细地漱口、洗脸，用剃刀把光头刮得锃亮。然后，去了宝姨的屋里，从床底下拉出他的衣箱，坐在镜子前勾完脸、吊完眉、勒上头后，穿上整套的行头，提起那杆多年来一直靠在门背后的素缨枪，把整整一出的《挑滑车》都搬到了院子里。

天空在不知不觉中又飘起了雪花。金先生唱罢人有点恍惚，看着站在屋檐下围观的众人，好一会儿才发现这些人里面没有宝姨。

宝姨一直到夜深后，才在床上用一种幽怨的眼神一动不动地看着他。

金先生笑了笑，说："我很快就会回来。"

宝姨还是看着他，纹丝不动。

金先生又笑了笑，把手伸进被子，握在她的胸脯上，又说："这是我的家。"

宝姨扭过头去，目光在屋子里游移了很久，最后还是落在自己的眼皮底下。她在心里长长地吐出一口气，说："这一天又来了。"

12

大连的闹市就像上海的南京路，两边都是欧陆风格的建筑与商店，唯一的不同就是穿行其间的那些人。他们更多是日本男人与女人，穿着和服，趿着木屐，如同走在东京的街头，每个人都迈着行色匆匆的小步履。

金先生在临近儿玉町的一家旅社住下的当天，就去成衣店买了一套半新的和服后，想了想，又选了一身全新的燕尾礼服。回到旅社的房间里，对着镜子穿了又脱，脱了又穿。整个晚上，他都好像在为自己的着装举棋不定。

此后的很多天里，金先生每天早出晚归，反反复复把该去的地方都转遍了，却仍然没有找到下手的机会。原田健一是个机警而多变的人。除了每天坐着专车上班与下班，这些天里，金先生连他的住处都没摸到。

但是，金先生仍然决定出手。

这天早上，他吸足鸦片烟后，就着烟灯烧掉了所有能证明他身份的东西，最后从那个信封里抽出原田健一的近照，出神地看了很久，才把它连同那个信封一起点燃。然后，在镜子前仔细地穿上和服，从桌上一叠新印的名片里拿出一张，跋上木屐出了门。

金先生在南满洲铁道株式会社的接待处，双手递上那张名片后，用日语说："我是东京帝国大学的横山介夫，请多关照。"

接待员进去通报了很久才出来，把金先生领到一个房间。在那里经过了仔细的搜查，再由另一名穿着西装的秘书带上三楼的一间办公室。

原田健一端坐在办公桌后面，用鹰一样锐利的眼神审视着他，一直到秘书离去，才说："小蝉君，你难道不知道横山三年前就在奈良病故了吗？"

"不这样，我怎么见到你？"金先生平静地说，"我是受人之托来见你。"

"你不是来见我。"原田健一说，"你是受人之托来杀我。"

金先生低下头，说："那你就不该让秘书离开，你应该让他把我抓起来。"

"我不抓你，我的朋友本来就不多。"原田健一说着，叹了口气，起身走到他面前，又说，"你回去转告四太太，这是两个国家之间的斗争，汉庭君从来都是我的朋友。"

金先生点了点头，看着比他矮了大半个脑袋的原田健一，说："她也让我带给你一句话，她说从唐汉庭死的那一刻起，你就已经是个死人了。"

原田健一像是怔住了，好一会儿才点了点头，说："我知道。"说完，他走到一张沙发前坐下，忽然一笑："十五年前，我踏上你们的土地，就知道我是不可能活着回去的。"

"你为什么不现在就走？"金先生用一种诚恳的语气说，"再过一个月浅草寺的樱花就要开了。"

原田健一的脸色起了微妙的变化，仰起脸，看着金先生，又叹了口气后，说："难为你还记得这些。"

"我不会忘记。"金先生说着，有点犹豫不决地慢慢走到原田健一坐的沙发旁，俯下身，就在张嘴还想再说什么的同时伸出双手，一下反向扭断了他的脖子，干净利落，咯的一声响过，原田健一瘫软在沙发里，像个强忍着哭泣的孩子，睁圆着双眼，整个人在无声中抽搐。

金先生慢慢直起身体，却在伸手合上原田健一的眼睛时，意外地想起了自己在东京振武学校里操练徒手格斗的那些时光。那时的原田健一还是个多愁善感的纺织与机械系的大学生，他们每个周末都会相聚在一起。金先生记得他曾在一次失恋后说："如果有一天我要出家，我会选择在浅草寺，因为那里有全东京最美的樱花。"

1932年的5月5日，中日双方在英国总领事馆签署《淞沪停战协定》的当晚，唐公馆里也在举行一场别开生面的晚宴。但是，受邀的客人却只有一位。

比瑞香提前一步到达唐公馆的是韩初九。他带着他的兄弟们，不由分说就在台阶下站成了一排。

恭候多时的甫仁快步跑下台阶，亲自为瑞香拉开车门后，微笑着说："你的排场有点大了。"

瑞香看了眼这排站得如同卫队的年轻人，不动声色地说："他们是准备抬我回去的。"

"这里也是你的家。"甫仁的眼神瞬间变得有点暗淡。他说："父亲不在了，可我们还是一家人。"

瑞香抿了抿嘴唇，没有再说什么。

整个餐桌上，几乎都是甫仁一个人在说。他一会儿用中文介绍法国的风土人情，一会儿又用法语教授甫成巴黎上流社会的用餐礼仪，就像一场温暖的家宴，每张成人的脸上都挂着亲切的笑容，但每个人都感觉到了气氛的不同寻常。

用人过来把甫成领走后，餐桌上开始变得沉静。

"好吧。"大太太忽然开口。她用手帕按了按嘴角，说："我老了，我得回房去睡觉了。"

说完，她起身，又看了眼餐桌正中空着的那把椅子，出人意料地朝瑞香点了下头。唐汉庭的另外两位遗孀就像是她的尾巴，跟着匆匆告退。

甫仁在目送他的法国妻子也离开后，看了眼始终侍立在一旁的胡石言，等他领着用人们都退出了小餐厅，轻轻地关上门后，他忽然说："现在是我们好好谈谈的时候了。"

瑞香却拿了筷子，看着满桌的菜肴，转念间又放下筷子，扭头看着甫仁。

"我从没派人追杀过你。"甫仁说，"要杀你的是中央组织部的调查科。"

"这些都过去了。"瑞香淡淡地说，"我还活着。"

甫仁点了点头，说："童律师不死，我们唐家这些产业现在恐怕已经四分五裂。"甫仁说着，松开一直握在手里的酒杯，看着自己张开的手指，又说："有些人是非死不可的……有些事也是我们非做不可的。"

瑞香淡淡地说："现在是不是该轮到我了？"

甫仁笑了，说："你的人就在外面，只要你一声令下，这幢楼里就会鸡犬不留。"

"那你的人呢？"

甫仁又笑了，起身绕过餐桌，走到唐汉庭生前就座的那把椅子后面，双手抚摸着椅背，说："父亲这辈子活得这么难，就是他既不肯放弃生意，又舍不得这个江湖。"甫仁说着，抬起眼睛，目光穿过瑞香的头顶，看着挂在墙上的一屏条幅，说："可我不想跟他一样。"

"可惜，他至死都觉得你会是个好医生。"

"上海滩有的是好医生。"甫仁拉开那把椅子，慢慢地坐下去，隔着餐桌，用一种深邃而坦然的目光看着瑞香，说，"但你要知道，再好的医生也只能是救人。"

这天晚上，瑞香回到四公馆已过子夜，人却没有丝毫的睡意。她坐在洞开的窗前，迎着微凉的夜风，一首接着一首地弹奏古筝，就像沉浸在自己的琴声里，脸上的表情是那么的专注，那么的如痴如醉。

琴弦就在天快亮时忽然绷断。瑞香一下惊醒，发现自己脸上挂满了冰凉的泪水。

瑞香接掌大风堂是在农历的五月十三日。

那天是武圣人关羽的诞辰，但对瑞香来说，这更像是夏天来临前的一场郊游。一大早，在管家胡石言的陪同下，他们驱车离开四公馆，上到一艘轮船，溯黄浦江而上到达大风亭时，太阳已经有点骄阳似火的感觉，热辣辣地照在每个人的脸上。

大风亭其实只是淀山湖畔的一座小小的青瓦亭，在莺飞草长之间毫不起眼。当年，甫仁的祖辈们把吴兴的丝绸运进上海滩，这里就是他们靠岸、歇脚、喝茶与高谈阔论的地方。

甫仁在告诉瑞香这些陈年往事时，她一言不发。事实上，唐汉庭也曾无数次说起过他们家族的历史，就在他们缠绵与缱绻之后，在瑞香的耳边。

瑞香从胡石言手中接过三炷香，恭恭敬敬地举过头顶后，把它们插进香炉。然后，她转身，看着站在亭子外的那些男人。他们有的西装革履，有的长衫马褂，有的中装短打，每个人的额头都蓄着细密的汗珠，但每张脸上都不苟言笑，一个个步履庄重地依次步入亭内，右手按在自己左胸口，左手搭到瑞香的右肩上。瑞香直挺挺地站着，同样用右手按在自己的左胸口，把左手搭到他们的右肩上，一个接着一个。

这就是大风堂无言的宗旨——兄弟同心，协力并肩。

仪式结束后，甫仁看着登船离岸的众人，对瑞香说："没了大风堂，唐家就没了根基。"说着，他向瑞香伸出手掌，又说："别忘了，我们是一家人。"

瑞香还是没有说话。她把手伸进甫仁的手掌里，抬眼看着他那张有点清秀的脸。瑞香是忽然发现的，甫仁的眼神里有许多东西跟他的父亲一模一样。

瑞香一下闭上了自己的眼睛。

13

甫仁第一次见到洋子是在法国驻沪总领事馆的花园里。

那天是甘哥林的就职典礼，但看上去更像是场小型的午餐派对。这位年逾不惑的外交官在代理了两个月驻沪总领事后奉命真除。当司仪用优雅的语调诵读完外交部的任命书，他才如梦方醒般地抬起眼睛，望着一尘不染的天空，喃喃自语般地说："上帝保佑法兰西。"说完，他收回目光，环顾着站在台阶下的宾客们，露出一个迷人的微笑，耸了耸肩膀，摊开双掌，又说："我们还等什么？"

掌声陆续响成一片，其间夹杂着侍者打开香槟的砰然之声。

甫仁始终像个局外人一样站在人群中，直到甘哥林与众人寒暄过后，拿着两杯香槟走到他跟前。甫仁笑了笑，接过酒杯，用法语说：

"今天是个好日子。"

"也许不是。"甘哥林那双灰色的眼睛里凝聚着一种深不可测的光芒。他把一口酒含进嘴里，慢慢地吞下去后，接着又说："租界必须得到新的治理。"

甫仁的脸上仍然挂着微笑，就像在欣赏香槟泛起的气泡。他看着手里的酒杯说："我是个商人，我想商人的利益也代表了租界的利益。"

"租界需要利益，更需要秩序。"说完，甘哥林想了想，改用生硬的中文又说，"请把这话的意思转告四太太。"

"总领事阁下去过巴黎的下水道吗？"甫仁收敛起笑容，直视着甘哥林那双灰色的眼睛，笃定地说，"我去过，所以我知道文明的城市离不开一个地下的世界。"

"我不担心黄浦江的水会把这座城市淹没。"甘哥林爽朗地笑完后，话题一转，说，"你知道我的前任为什么被召回吗？"

甫仁没有回答，却一下想起了范尔迪。这个慈祥的法国老头是他的朋友，也是他已故父亲的朋友。

这时，甘哥林又说："他在这里待得太久了，他把自己当成了一个中国人。"

甫仁垂下眼帘，但马上又抬起，直视着甘哥林。

甘哥林慷慨地伸出他那只硕大的手掌，一直抬到甫仁的胸前，说："蒙德，希望你是我在上海交到的第一个朋友。"

"那你就不该称呼我在巴黎行医时的名字。"甫仁又笑了，握住甘哥林的手，用中文认真地说，"我姓唐，在这里我叫唐甫仁。"

说完，他轻轻地抽回手掌，礼节性地欠了欠身，目视着甘哥林转身离去，脸上的笑容也随即消失殆尽。

甫仁就是在穿过花廊准备离开时见到洋子的。她穿着一条白色的雪纺长裙，头上戴了顶缀有蕾丝花边的遮阳帽，与那些外交官的家眷们一起坐在葡萄架下。阳光透过疏漏的枝叶洒落下来，光影迷离，仿佛置身于莫奈的油画中。甫仁一下变得有点恍惚，竟然想起了与艾丽丝在戛纳海边度过的蜜月时光。

法国南部的阳光温暖而摇曳，透过海水折射在每个人的眼睛里，让整个世界变得如梦如幻。可是，自从移居上海，艾丽丝那双湛蓝色的眼睛日渐暗淡，直到怀孕才开始重新恢复海水的颜色。只是好景不长，十个月后，她在唐家的医院里产下一名死婴，就像是上帝在一夜间带走了她的灵魂。艾丽丝开始变得阴郁，变得孤僻，甚至还有那么一点歇斯底里，常常一个人爬上唐公馆的天台，遥望着她异国家乡的天边，一站就是大半天。但更多时候，她会把自己关在房间，如同一个绝望的弃妇，蓬头垢面，不事梳洗。

艾丽丝就是在那个时候迷上鸦片的，好像这世上除了吞烟吐雾再无她感兴趣的东西。

然而一天黄昏，她忽然振作起来，让用人在浴缸里放满热水，一直泡到天色黑尽才起身，仔细地清除体毛，在每寸肌肤上涂上乳液。然后，点上檀香，重新回到床上，睁着眼睛，静静地等到甫仁回来。

法国女人的柔情与浪漫总是那么的出其不意。艾丽丝在事后，仍然用身体缠绕着丈夫，在他耳边如同呻吟般地说："带我回家吧，你答应过我，你会在巴黎陪我过完一生。"

甫仁没有说话。他用一种平静的眼神看着妻子，一直看到她眼睛里的光一点一点变得暗淡，才说："这里就是你的家，我们哪儿都不去。"

"我的家在法国。"艾丽丝无力地说完，轻轻抓过睡袍去了隔壁的洗漱间。等她出来，甫仁已经离开。

大半年来，甫仁几乎没有在妻子的床上完整地睡过一夜。他已经习惯了书房里那张紫檀的罗汉床。可是，有一天早上醒来，他拉开书房的门就见胡石言远远地站在楼梯口。

一直等他走到跟前，胡石言才低下头说："太太走了。"

甫仁愣了愣，说："为什么不拦住她？"说完，他伸手一指，忽然一嗓子："你去给我追回来。"

身为唐家的大总管，胡石言向来都是甫仁命令的不折不扣的执行者，但这一次他没有动，只是用力抿了抿嘴，说："老太太亲自送她上的车。"说着，他抬起头，仍然不敢直视甫仁那双逼人的眼睛，又说："今天是玛丽安娜号回马赛的日子。"

甫仁拔腿冲下楼去，连身上的睡袍都没顾得上换，亲自驾车急驰而去。可是，就在汽车驶入邮轮码头时，他却一脚踩住了刹车。用手支着方向盘，隔着车窗玻璃，远远地看着玛丽安娜号邮轮上那个巨大的白色烟囱，一直看到它拖着一条长长的浓烟，在拉响的汽笛声中驶离港口。

四年前，甫仁带着艾丽丝就是乘坐这艘邮轮由法国回到上海。那时，他的父亲还没有遇刺身亡。他只想在上海开一家诊所，成为一名出色的医生。

甘哥林新官上任的第一把火是取缔法租界里的赌场与烟馆。一夜间，春天的上海滩平添了一股萧瑟之气。瑞香却像什么事都没发生，仍旧把自己关在画室里，对着铺在画桌上的整张宣纸泼墨、勾勒、点彩、晕色。很快，一幅《春山日暖图》跃然纸上。这时，韩初九敲门进来，说："档口的当家们都到齐了。"

瑞香凝神屏气，一直到落下款，盖上章，才直起身，看着自己的画作，说："你先出去吧。"

韩初九又看了一眼瑞香，悄无声息地退出书房。如今，他已是大风堂的管事，更多时候还兼着瑞香的保镖与司机，以至于坊间早有流言，把他说成是四太太的面首。不过现在，已经不会再有人在四公馆里多说半句不该说的话。

瑞香换了条黑丝绒的旗袍走进偏厅时，偏厅里瞬间变得肃静。各个档口的当家们纷纷起身，纷纷掐灭手中的雪茄或是香烟，直到瑞香在沙发里坐下，才重新坐回自己的位置。

瑞香并没有开口，只是用眼睛扫视着在座的每一张脸。这些人都是她丈夫生前的兄弟与门生，都曾跟随唐汉庭出生入死，其中的好几个还是他们的长辈。但是，瑞香仍然没有开口。她的目光最后落在面前的茶几上，端起咖啡，轻轻地抿了一口，就像在品味唇齿间的那缕芳香与苦涩，竟然闭上了眼睛。

"要是汉庭还在，恐怕就不会是今天这个局面。"说话的显然是大风堂里的长辈，声音却轻得就像一丝叹息。

瑞香一下睁开眼睛，循声直视着那里。直到那颗白发苍苍的头颅垂下，才深吸一口气，缓缓地说："今天的局面是你们一手造成的，甘哥林刚到上海那会儿，你们谁把这个代理的总领事放在眼里了？你们满脑子想的就是怎样省掉那笔孝敬银子。"说完，她坐直身体，重新扫视着偏厅里的每一张脸，又说："可是，你们都忘记了一句老话——万里为官只为财。"

"那些钱我们老早补过去了，可人家根本就是不收。"有人委屈地说，"法国佬是要给我们颜色看。"

"那你们就应该知道另一句话——洋人不光自负，他们更贪婪。"瑞香说完，扭头看了一眼站在一侧的韩初九。

韩初九心领神会，一边马上从提着的公文包里取出一叠纸，一张一张分发到每个当家人的手里，一边说，四太太委托唐先生去谈过两次了，这是甘哥林开出来的新价钱。

偏厅里开始骚动起来。有人甚至提议除掉这个法国总领事，而且话说得相当的粗鲁："他不让我们吃饭，我们就不让他拉屎。"

瑞香始终像个没事人一样，端着杯子继续喝她的咖啡，喝完了续，续完了接着喝，一直等到偏厅里变得鸦雀无声，变得每双眼睛都停在她脸上，才放下杯子，淡淡地说："你们别忘了，上海滩不光只有一个法租界。"

瑞香决定把大风堂所属的赌场与烟馆全部迁出法租界，在哪里落地，就一定能在哪里生根与开花。瑞香说："我们不能让法国人牵着鼻子走，但赌徒与烟鬼是身不由己的，你们去了哪里，他们就会跟着到哪里，相信用不了几个月，就算这位总领事能挺得住，他那些大手大脚花惯了钱的手下也熬不下去。"

一席话，大家脸上的阴云尽扫。可就在众人纷纷对四太太的决策大加折服时，瑞香却站了起来，慢慢地走到偏厅的中间，说："民国政府禁毒多年了，你们都想过没有，要是别的租界也开始效仿甘哥林，禁烟、禁赌，你们怎么办？"

1935年4月，国民政府军事委员会发布《禁毒实施办法》的第二天，一场倾盆大雨过后，红房子西餐厅二楼的雅座里，瑞香纹丝不动地靠在桌前，耐心地看着甫仁把一盘奶油蘑菇汤喝得所剩无几。

"我决定了。"瑞香伸出左手，就像是对着无名指上那枚硕大钻戒说，"你父亲生前一直下不了的决心，现在我来下。"

"那你一定想好了怎么安置这些人。"甫仁抬起头，微笑着，看着这位与他年龄相仿的四娘，可那目光，就像要把瑞香洞穿。

"你有那么多生意，你需要人手。"说完，瑞香想了想又说，"我一个人做不成这么大一件事。"

"问题是这些人。"甫仁说，"他们真能离得了这个江湖吗？"

"没有人天生就是走黑道的，也没有人天生会做正行。"瑞香说，"现在是形势逼人。"

"可你还忘了一件事。"甫仁仍然微笑着，说，"我不掺和你的江湖，你也别插手我的生意，这是我们的约定。"

瑞香扭头望着窗外湿漉漉的大街，好一会儿，才面无表情地说："你也别忘了，生意是你们唐家的生意，江湖也是你们唐家的江湖。"

14

联合船运公司募股期间，甫仁带着汇通银行的杨静庵来见瑞香。自从父亲死后，这是他第一次踏足四公馆。环顾客厅里的陈设，好久，甫仁才有点感慨地说："这里变了，变得越发雅致了。"

瑞香却一反常态，端坐在沙发里，聊得更多的是京戏。杨静庵好戏，沪上皆知。瑞香就像是遇到了知音，说到兴起处，甚至招手叫来韩初九，让他破例清唱了一段《长坂坡》后，由衷地说："杨先生，您可不要小看我这位管事，当年他可是在大舞台挂头牌的武生。"

杨静庵笑得很谦卑，瞥了眼甫仁后起身，拱手告辞。

瑞香用一种母亲对儿子的语调吩咐甫仁，说："侬代我送送杨先生吧。"

甫仁返回四公馆的大客厅时，用人们都已退去。瑞香静静地靠在沙发里，若无其事地看着他，一直看到他入座，才冷冷地说："以后你要带什么人来，最好事先通知我。"

"这是生意，你要让兄弟们上岸，必须得有资金上的支持。"甫仁说，"杨静庵的背后是汇通银行。"

"汇通银行的背后是日本人。"瑞香说，"你不会不知道他是什么人吧？"

"他曾经是亚东株式会社的买办，现在是汇通银行旳总裁。"甫仁说，"你应该知道，联合船运一旦揭牌将会面临什么。"

瑞香当然知道，内陆的航运离不开长江，而现在控制着长江中下游最大的势力，除了英美，就是日本，还有沿途各地的军政派系、江湖帮会，但这些并不是最棘手的。联合船运公司一旦开业，最大的竞争对手，将是号称航运大王的卢作孚与他的民生公司。然而，瑞香并没有说这些。她只是用一种缓慢的语气说起了甫仁的父亲——唐汉庭十七岁去东京求学，跟日本人打了大半辈子交道，直到被原田健一派人暗杀。瑞香说："如果你父亲还活着，他是绝不会跟一家有着日本背景的银行合作的。"

甫仁靠在沙发里，沉默了片刻后，说起了汇通银行背后的金主，是日本的井上家族。百十年来，他们靠海运起家，他们是真正的商人。最后，他看着瑞香，说："这里是租界，这只是生意。"

"可租界里又不光只有汇通一家银行。"

"有海运背景的只有汇通一家。"甫仁还是看着瑞香，目光却变得更加的意味深长。他说："你难道没有想过，联合船运有朝一日会成为联合海运吗？"

"看来我们是走不到一块了。"说完，瑞香慢慢地靠进沙发，垂下眼帘，又说，"你是在逼着我去走我的独木桥。"

甫仁随手拿过搁在沙发边的公文包，漫不经心地打开，取出一大沓文件，俯身递到瑞香手里："这是大风堂二十二家档口、三个码头、七所栈仓签署的协议。他们都愿意成为联合船运的股东。"甫仁说："这是人心所向。"

瑞香脸上的表情一下凝固了，手也随即伸到了沙发的扶手下面。

那里有一个按钮，只要按下去，保镖就会在转眼间冲进客厅。但是，瑞香的脸色很快恢复如常。她把那叠厚重的文件慢慢放回甫仁手边，冷峻地说："原来，今天你是逼宫来了。"

"我要逼宫的话，当初就不会推你上位。"甫仁脸上的笑容已经荡然无存，反而两眼中聚满着忧伤。他在一声叹息后，说起了自己少年时，父亲带着全家去汉口。这是他第一次在长江里看到大大小小那么多轮船，桅杆上悬挂的却没有一面是中国的旗帜。

"当时我就问父亲，我们的国旗在哪里？他说在我们的心里。"甫仁迎着瑞香的目光，说，"只要我们走出今天这一步，总有一天，我们也会把船开进他们的内陆，让我们的国旗飘扬在他们的天空下。"

秋天来临之际，瑞香开始了她有生以来最隆重的一次远行。为此，联合船运公司筹备了将近一个月，甚至不惜花重金租用一架小型的莱特客机，上面装满了古巴的雪茄、瑞士的手表、法国的红酒与白兰地，但最贵重的还是由大风堂出面定制的金牌，每块净重一百两。

临行前夜，瑞香闭门谢客，独自在书房里点上一盘檀香。然后，躺进一把摇椅里，就像睡着了一样，直到韩初九敲门进来。

连着整整一个多星期里，韩初九每天都早出晚归，不停地出入各大酒店与公馆，拜会川、鄂、湘、赣、皖、苏各省驻沪办事处的军政代表，联络长江沿岸各大帮会的门人。这些地方，都是瑞香此行的必经之地。她将由上海直飞重庆，再顺长江而下，为联合船运公司的首航搭桥铺路，同时也是扫除障碍。而韩初九做的更重要的一件事，是擅自把他最得力的兄弟们秘密派往沿途的每个城镇。

"这些都是以前跟我的人。"说着,他把一份名单交到瑞香手里,"他们会在暗中保护你。"

瑞香并没有去看那份名单,而是起身,走到书桌后面,站在那里,远远地看着他。

"我想,这一路上会有很多眼睛在暗处盯着你。"韩初九犹豫了一下,继续说,"有些事,我们不能不防。"

瑞香坐进那张大班椅里后,冷不丁地说:"你有多久没去上林雅院了?"

韩初九一愣,说:"我从不去妓院。"

"往后,你要经常去坐坐。"瑞香说,"筱玉兰色艺双绝,你去捧她的场,没有人会觉得是件奇怪的事。"

韩初九张开嘴,没有发出声来。他低头走到书桌前,又张了张嘴,却仍然没有发出声来。

"我在那里安了一部电台,还有一名报务员。"瑞香不动声色地说,"我要随时知道上海发生的每一件事。"

说完,她不等韩初九回答,语气一转,开始下达命令,一件接着一件。

瑞香几乎把她离开上海后每件该发生的与不该发生的事都想到了。一直到全部说完,她长长地吐出一口气,隔着台灯投射在书桌上的那道光芒,看着这个站在面前的男人。瑞香说:"你想说什么就说吧。"

韩初九想了想,说:"其实,你根本没必要走这一趟。"

"走得远，是为了看得更清楚。"瑞香说，"你就是我留在上海的眼睛。"

韩初九低下头，站了会儿后，躬身告退。可是，他在走到门口时，站住了，回头说："你为什么不退一步呢？"说完，他用力抿了一下嘴，又说："这个位子已经被架空了。"

"放肆！"瑞香一声断喝后，再也没有出声。整个人就像已被那张硕大的皮椅吞湮，一动不动地隐没在台灯的阴影里。

第二天一早，甫仁赶来四公馆为瑞香送行。他在亲手为瑞香拉开车门时，扭头又看了眼她所带的随从，不无担忧地说："还是多带点人手吧，这一路上山高水深的……"

"我又不是去剿匪。"瑞香愉快地微笑着，竟然有点俏皮地说，"我只是去当一回散财童子嘛。"

15

瑞香在重庆的朝天门码头登船，顺江而下的一路上，都由当地驻军派兵护送。他们一会儿是穿着灰布制服的川军，一会儿是裹着黑色绑腿的湘军，而更多是身穿黄布制服的中央军。瑞香每到一处，除了拜会当地的军政首脑与社团大佬外，还会抽出一晚上，设宴款待当地的士绅名流，在席间把酒言欢、谈笑风生。

很快，瑞香的此行成了轰动全国的新闻。长江沿岸的许多地方，人们为了一睹上海滩四太太的风采，挤满了码头与街市。

大半个月后，当她乘坐的汽轮驶进安庆城内的大码头时正值中秋。当晚，安徽省主席在官邸设宴，既为远道而来的贵客洗尘，又兼赏月。瑞香显得格外高兴，同时还有那么一点受宠若惊，说了很多话，敬了很多酒，直到把自己灌醉，才由几名女眷把她扶上车，陪着送回旅馆。

瑞香踉踉跄跄地走进房间，等到再次出来时，她身上穿着女仆的大褂，眉宇间早已看不到丝毫酒意。从旅馆的后门离开后，她一连换乘了三部黄包车，才被带到江边，一言不发地登上一条小舢板。第二天，太阳从天边升起时，瑞香已经出现在安庆城外的娄埠镇上，许多往事一下扑面而来。

二十多年前，一对年迈的人贩子一人牵着她的一只手，就像逛街那样，他们穿过一条窄长的巷子，从边门把她带进一座花园。宝姨就站在廊檐下，静静地看着他们。那一年，瑞香十二岁，连名字都还没有。她从未见过像宝姨那样风姿绰约的女人，一直到后来才知道，这座叫平川书院的宅子原来是个训练雏妓的地方，只是如今，它早已更名成了玉楼春，成了一座真正的妓院。

宝姨仍然站在廊檐下，静静地看着瑞香走到跟前，面无表情地说："三年前，你来这里是让他去替你杀人。"

瑞香的眼神里有了许多复杂的变化。她伸出手，一直伸到宝姨斑白的鬓边，说："你该染发了。"

宝姨一下扭过头，同时也转过身去，推开一扇镂花长门。

金先生还是剃着个光头，穿一身月白色的府绸短衫，与三年前相比越加显得清瘦与苍白。他从烟榻上支起身，看着瑞香一步一步走到跟前，在他的一侧坐下后，才又吞下一口烟，放下烟枪，噗的一声吹灭烟灯。金先生说："收到你的来信，我就一直在等今天。"

瑞香只是看着他的脸。这个男人曾是她的第一任丈夫，也是第一个教会她唱戏、传授她床笫之事的男人。他们的新婚之夜，瑞香就曾这样长久地注视着他。当时，她以为这就是她全部的人生——在这座院子里，跟别的女人一起分享这个男人，让自己慢慢成为像宝姨一样的女人。

瑞香收回目光，看着窗台的方向，好久才说："这一步，我迈得太大了，我跨不过去了。"

"跨不过去，你可以回头。"金先生起身，盘坐在烟榻上，看着瑞香的后脑勺。

瑞香说："你说我回得了头吗？"

金先生一笑，说："你是舍不得大风堂里的那把椅子。"

瑞香愣了愣，慢慢地扭转身体，淡淡地说："要是尝到过权力的滋味，你就不会说这样的话了。"

金先生沉默了，不仅闭上了嘴巴，就连眼睛都闭了起来，盘坐在烟榻上像个入定的僧人。

大别山脉绵延数百里，是长江与淮河的分水岭。瑞香跟随金先生先由水路坐船，再雇马车，然后徒步盘山而上。他们用了两天时间才进到大别山的南麓，就像一对远道而来的父女。

金先生挑了块光滑的岩石半躺下来，从褡裢里掏出烟具。瑞香只是无声地叹了口气，顺从地接过那些烟具，替他打出一个大大的烟泡后，静静地伺候到他抽完，才抬眼看着远处的山林，说："你想过没有，如果我们回不去，宝姨会怎么样？"

"当然想过。"金先生笑了，说，"她会用她的余生来诅咒你。"

瑞香再也没有说话，更没有半点催促金先生动身的意思。她默默地坐在一侧，从包袱里掏出一块干粮，低下头，一口一口咀嚼着，直到暮色染红西天，才看见一名脚夫打扮的男人，一路唱着山歌，由远而近，一直走到他们跟前。

男人的脸上没有半点表情。他在上下打量了金先生几眼后，朝着来的方向一指，继续唱着山歌朝前走去。金先生带着瑞香转过一片树林，就看见四个站在两副滑竿旁的男人。他们就像是四个哑巴，一声不吭地掏出两个头罩，分别套在金先生与瑞香的头上后，抬着他们跋山涉水，直到深夜才钻进一片密林，在一堆熊熊燃烧的篝火前放下滑竿。

瑞香摘掉头罩第一眼看到的是个很精壮的年轻男子。他穿着马裤，系着一条很宽的牛皮腰带，笑呵呵地看着瑞香，对金先生说："这就是要见我的大人物？你们不会是想把玉楼春开到这山里来吧。"

四下里响起一阵粗野的哄笑声。金先生脸色阴沉地说："乔三，这位是大风堂的四太太。"

乔三并没有理会，而是继续端详着瑞香，摇了摇头，说："可惜，你细皮嫩肉的，伺候不了我的弟兄们。"

瑞香一笑，扭头对金先生说："他不姓乔，他的本名叫许春来，他是十九路军的一名逃兵。"

乔三的脸上笑容还在，目光却在转眼间凝结，变得像冰一样寒冷而坚硬。

"淞沪抗战时，你是蔡长官的警卫排长，十九路军入闽不久，你升任连副，直到福建事变失败，蔡长官远走香港，你们三千多人被迫编进陈济棠的粤军。"瑞香不急不缓地说着，仰起脸，看着这个精壮的男子，继续说道，"你是在陈济棠派兵缴你们械时，带着十几个弟兄逃出广东的，一路北上，到了这里才聚起了这百十号人。"

乔三冷冷地说："四太太赶这么远的路，就为了来揭我的老底？"

瑞香又笑了，看了眼那些聚集在篝火边的土匪们，有点慵懒地说："好多年没走山路了，我们现在又累又饿。"

乔三喝退手下。三个人围着篝火吃烤肉、喝热汤时，他始终静静地听着，从瑞香决定大风堂弃烟转行开始，一直到她此行真正的目的："我需要一个可靠的人，需要一支可靠的队伍。"瑞香说着，把目光转向金先生，又说："让大风堂上岸是汉庭生前的夙愿，可现在，只怕它已经掉进了一个更深的泥潭。"

金先生充耳不闻，只顾低着头，一口一口地啃着手中那块半生不熟的烤肉。

乔三说："原来四太太是想做我的长官。"

"我可以装备你们，提供你们钱粮，让你们成为一支真正的军队。"瑞香说，"你们再也不用过打家劫舍的日子了。"

乔三说："可我们也不想跟着你掉进泥潭。"

"你剿过匪。"瑞香说，"你应该比我更清楚当土匪的下场。"

乔三像是被她的话刺痛，一下站起身，说："到此为止吧，天亮我会派人送你们下山。"

可是天刚一放亮，乔三与他的兄弟们就在晨雾中遭到了围攻。枪声响起时，乔三一把抽出插在后腰的毛瑟手枪，指着瑞香还没来得及开口，瑞香就微笑着说："他们是省保安处的两个中队，一路跟着我们进山的。"

乔三看了眼同样惊得目瞪口呆的金先生，跟着也笑了起来。他冷笑着说："有四太太陪葬，一路上我们是不会寂寞的。"

"可你至死都会背着一个土匪的名声。"瑞香收敛起笑容，平静地面对着他的枪口，说，"我们还是接着往下谈吧。"

就在乔三转念间，金先生半个滑步贴紧他，一招夺下枪，就像搓了几下手，一支毛瑟手枪扔到地上时已成了几块机械零件。

"我的包袱里有一张安徽省政府主席签署的委任状，只要你点头，你就可以带着你的兄弟们出山，组建你的民防队。"瑞香说着，示意金先生取过她的包袱。为了这张委任状，她在中秋之夜的夜宴席上喝下了整整三大杯的临水贡酒。

"这是城下之盟。"乔三的眼里平添了一股冷傲之色。他冷冷地说，"你以为我们怕死吗？"

"我只是要让你看到我的诚意，还要让你看到我的实力。"瑞香说，"我要的就是不怕死的人，但男人要死得轰轰烈烈。"

太阳无遮无拦地照耀在群山时，枪声已经静止，硝烟与迷雾一起散尽，就像这天早上什么事都不曾发生过，到处是一片鸟鸣之声。

在步行走出密林的一路上，瑞香嘱咐乔三尽快派人去安庆城内的来风客栈，她在那里留有一笔经费，还有一部电台。瑞香说："住在天字一号房的年轻人就是你们的报务员。"说完，她又事无巨细地说起了军火，她会用汽轮从上海运来，她要乔三把船也留下，并且注意日常的养护。瑞香说："如果哪天我要你开着这条火轮来上海，就是我们轰轰烈烈的时候。"

乔三一直低着头，跟随着瑞香的步伐。忽然，他站住了，抬起头，说："四太太，你就这么信得过一个连自己名字都不敢用的人吗？"

瑞香想了想，说："我相信蔡长官的卫士都是千挑万选的忠义之士。"

乔三固执地看着瑞香，还是要问："你就为这……才选中了我？"

"不是。"瑞香摇了摇头，说，"青帮的源头就在安庆，说到底，大风堂跟这里的每个山头都有着千丝万缕的关系，只有你是外来的和尚。"说着，她望着阳光下一览无余的远山："大风堂既然跳出了这个泥潭，我就不能让它再回到老路上。"

乔三再也不说一个字，默默地把瑞香送出山口。

望着乔三反身走进山里的身影，瑞香一下变得有点恍惚。她扶住一棵树，很久才说："我就像个赌徒，我把什么都押上去了。"

"你还是你。"金先生不以为然地说，"在我眼里，你还是那个连名字都没有的小姑娘。"

临别之际，瑞香在渡口的一个茅草亭里默坐了很久后，抬头看着金先生，说："我还有一件事要求你……去当他们的教官，把你在日本所学的杀人技术都教给他们。"

"你是不放心他们。"金先生说，"你要我监视他们。"

"如果有别的办法，我不会拖你去蹚这摊浑水。"瑞香垂下眼帘，说，"到现在我才发现，有时候信任才是最靠不住的。"

金先生没有答应，也没有不答应。他望着宽阔的水面，就像在追忆自己的往昔，说："我自懂事起就跟着父亲学艺，后来登台唱戏，我没念过多少书，所以在东京时一有空就去帝国大学的图书馆，那里有很多日本名门望族的家史……我记得井上家族最早是横滨海边的一户渔民，明治时期靠海运发的家。"

瑞香一下睁大眼睛，说："你想对我说什么？"

金先生仍然望着江面，说："井上家族其中的一项生意，就是把大冶的铁矿石运回日本。"

16

每到元旦这天，瑞香都会在一大早前往唐公馆，不光因为这天是唐汉庭的忌日，她更迫切的是想早一点见到儿子。车窗外，上海的街头到处洋溢着新年伊始的节日气氛，而瑞香一路上的脸色却像阴沉的天空一样灰暗。

韩初九还是忍不住要多嘴。他双手把着方向盘，从后视镜里看着瑞香，说："甫成十二岁了，是时候把他接回来了。"

瑞香只是更紧地裹紧了身上的裘皮大衣。当年，她主动把儿子送进唐公馆，既是为了确保他的安全，同时也向甫仁传达一个信息，她以儿子作为人质，只想去完成唐汉庭的遗愿。

可是现在，每次见到儿子的那一刻，她心头总有一种被刀子割开的感觉。

唐公馆的小祠堂里香烟缭绕，在一片和尚的诵经声里，甫成跟随唐汉庭的三位遗孀并排跪在蒲团上。当他抬眼看着瑞香时，不由得把手伸进了大太太的掌中，好像他们才是一对真正的母子。

瑞香视而不见，在独自上完三支香后，扭头看了眼侍立一旁的胡石言。

胡石言迟疑了一下，恭恭敬敬地上前，说："大少爷去教堂了。"

"你怎么不长记性呢？"大太太跪在蒲团上，语调阴沉地说，"甫仁当家都三个年头了。"

胡石言一下涨红了脸，慌忙改口，更加恭敬地说："先生关照过，请四太太务必留下一起吃饭。"

甫仁回来时已近中午。他不仅给每个家人都带回了新年的礼物，走进小客厅时，手里还挽着一位身材颀长的混血女郎。在殷勤地替她宽掉大衣后，甫仁牵起她的一只手，一直走到母亲跟前，说："妈，这位是洋子小姐，今天她跟我们一起用餐。"

洋子的脸上挂着温婉的笑容，在躬身施礼的同时，用纯正的中文对大太太说："我是桥本家的洋子，请多关照。"

大太太始终一言不发，直到甫仁把在座的每个人依次都介绍完毕，才抬起眼看着儿子，说："这就是你一早出去拜的上帝？"

甫仁温顺地笑着，扭头吩咐胡石言："准备开饭吧。"

"你还忘了一件事。"大太太慢悠悠站起身，走到小客厅的一扇边门口，回头重新看着儿子，说，"你忘了今天是什么日子。"

甫仁当然不会忘记，他去小祠堂里上完香、行罢礼，抬头看着那幅高挂的遗像，对母亲说："我选今天带洋子来家里，就是要告诉你们，我会娶她做我的妻子。"

大太太同样仰视着丈夫的遗像，好久，才眯起眼睛，就像在对自己说："我们家的老三是个唱小曲的，老四是上林雅院里的佶人……你爸要娶她们的时候，我一句话都没说过……"

"那您这回也别说。"甫仁转过身，伸手扶住母亲，朝外走了两步后，在她耳边说，"我不是什么女人都会娶回家里来的。"

"你还是留在这里，把你肚子里那些话都说给他听吧。"大太太说着，轻轻拨开儿子搀扶的手，头也不回地离开祠堂，径直穿过花园，一走进小客厅，就对胡石言说，"你去备车，送这位东洋小姐回她府上。"

洋子脸上的表情并未因此发生变化，仍然用她略带棕色的大眼睛看着大太太，从沙发上站起身，半退着走到客厅中央，在俯下身去的同时，轻轻地说："那么，洋子告辞了。"

大太太一直到饭后，才忽然叫了声四太太。瑞香没有动，也没有应声。等到所有的人都离开了餐厅，大太太叹了口气，伸出手掌，犹豫不决地抓起瑞香的一只手，说："四太太，你的话比我管用。"

"你要我说什么？"瑞香看着她，想了想，说，"他是你的儿子。"

说完，她慢慢地抽回手掌，起身一出餐厅就见胡石言早已恭候在门外。

胡石言躬身说："四太太，请这边走。"

唐公馆的花房就在花园的尽头，屋顶与四壁都嵌满了五彩的玻璃，让置身其中的每个人都有种如梦如幻般的感觉。

瑞香一进去，甫仁就把捧着的一个小手炉放进她手里，看着她入座后，开门见山地说："求你一件事，让你的人别再盯着我们了。"

"我盯的不是你，也不是桥本小姐。"瑞香语气平缓地说，"我盯着的是联合的生意。"

甫仁笑了，往瑞香面前的瓷杯里注满茶水，说："那你该盯着董事会。"

"董事会知道你在帮日本人把大冶的矿石运出长江吗？"

"我们不运，也有的是人在运。"甫仁说，"董事会关心的是分红。"

"你运出去的是石头，等到落回来时就成了炮弹。"

这一回，甫仁没有马上说话。他拿起一盅滚烫的铁观音，放在嘴边，吹一口，喝一口，直到把它们全部喝完，说："谁不知道落回来的是炮弹？张之洞不知道吗？盛宣怀不知道吗？还是当年的孙大总统不知道？"甫仁说："这是历史，是谁也改变不了的事实。"

"可你是在改换你们唐家的门庭。"

"所以你想另起炉灶？"甫仁的眼神在瞬间恢复了平静，看着瑞香，说，"你别忘了，你购买的火轮，还有那些枪支弹药，用的可都是联合船运替汉冶萍公司①装运矿石赚来的钱。"

"你也在盯着我。"瑞香露出一个毫无表情的微笑，说，"你是怕有朝一日我用它们来对付你？"

甫仁跟着也笑了，慢慢地靠进椅背，但仍然看着瑞香，说："等到你真要用它们来对付我的那天，你还会这么平静地跟我说话吗？"

瑞香像是一下子看到了那一天的来临，捂着手炉半晌都没有说话，直到双手烫得整个人都一惊，才强忍着痛站起身。

甫仁等她走近花房的玻璃门边，忽然又说："我看甫成还是去美国比较好。"

瑞香站住了，却没有回身。她盯着面前一块彩色玻璃，一字一句地说："你想用我的儿子来威胁我？"

"他是我同父异母的弟弟，我们在这个园子里一起生活……有时候，我觉得他更像是我的儿子。"甫仁说着，慢慢地起身，慢慢地走到瑞香身后。他的鼻尖几乎要触碰到瑞香后脑的头发。甫仁说："如果我有这样一个儿子，我一定送他去美国。"

---

① 汉冶萍公司：1908年，汉阳铁厂、大冶铁矿、萍乡煤矿联合组成汉冶萍煤铁厂矿有限公司，改官督商办为完全商办。1913年，汉冶萍公司向日本横滨正金银行借款1500万元筹建新大冶钢铁厂，并将汉冶萍全部财产抵押，用大冶铁矿矿石1500万吨、汉阳铁厂生铁800吨作为偿还。1924年，汉阳铁厂关闭。次年，大冶铁厂关闭。1928年萍乡煤矿为江西省政府接管。汉冶萍公司仅剩大冶铁矿继续生产，沦为日本制铁所的供矿单位。1938年3月，国民政府资源委员会下令汉冶萍公司所属厂矿设备运往重庆另建新厂。同年10月，侵华日军溯江西上，大冶厂矿全部落入日本侵略者手中。11月，日本内阁决定把大冶厂矿交给日本制铁株式会社经营。1938年至1945年，日本人从大冶厂矿掠走矿石500多万吨。抗日战争胜利后，国民政府经济部接收了日本制铁株式会社大冶矿业所。1948年7月，成立华中钢铁有限公司。汉冶萍公司所属厂矿被接收后，只剩下上海总事务所，营业活动早已停顿，公司名存实亡。

瑞香一下转过身去，在甫仁那双温和的眼睛里看到的却是她自己。瑞香伸出一只手，虚无地停在她与这个继子之间的空气中。然后，用另一只手摸索到门把手，用力拧开。

风一下灌进花房，吹得满屋的花草都在唰唰作响。

甫仁的婚期还没有真正确定，消息就已经走漏。一连好几次，成群的学生围堵在唐公馆的铁门外，不仅高喊反日口号，甚至还有人往里面投掷砖头与石块。甫仁却阻止了前来驱赶的巡捕，一声不响地搬进沙逊大厦的一套法式客房里。

当晚，远在南京的陈先生忽然来电，在简短的问候后，他沉默片刻，情真意切地说："非常时期，望世兄体念舆情、民意，凡事三思而后行。"

几天后，开完上海工商与金融界的例会，中国银行的董事会秘书在走廊里握着甫仁的手，郑重地说："董事长再三嘱咐，请唐先生务必参加今晚在他公馆举行的晚宴。"

可事实上，宋公馆晚宴上真正的宾客只有两位。宋夫人把漂亮而摩登的章小姐介绍给甫仁后，在上甜点时又随口说起了她的家世与背景。宋夫人微笑着说："章小姐是美国威斯理安女子大学文学院的毕业生，回国还不到两个月。"

夜深以后，甫仁仰面躺在黑暗的床上，对洋子说："这些事只有她能做到，也只有她能做得出来。"

"她做得没有错。"洋子伸出一只手，抚摸着甫仁的脸颊，说，"章小姐是你们国母的小师妹，你应该娶这样的女人。"

甫仁没有再出声，就像很快入睡那样。过了很久，洋子悄无声息地钻出被子，踩着地毯走到窗边，把窗帘撩开一条缝隙，出神地向外凝望着。

它们就像圣坛前的烛火。甫仁不知何时已走到她身后，用一条毛毯包裹住她赤裸的身体后，一把拉开窗帘。整个十里洋场上不夜的灯火扑面而来，霓虹在他们的眼睛深处不停地闪烁。两个人并肩站在这些灯火前，静静地，就像他们无数次一起站在虹口的耶稣圣心堂那个点满蜡烛的圣坛前。

可以说，甫仁与洋子的约会就是从圣心堂的每个礼拜天开始的。直到有一天，在离开教堂的路上，洋子无意中说起她已故的母亲。那个自由而浪漫的科西嘉女人，一生中唯一摆脱不了的是对天主的信奉。

"所以你父亲宁可放弃爵位，也要为她去接受洗礼。"

"我知道，像你们这样的男人要接近一个女人，一定会把她调查得清清楚楚。"洋子低下头，看着自己的脚尖说，"可你忽略了最重要的一件事，我是个日本人，我是桥本信雄的女儿。"

"没有人可以阻止我接近你。"甫仁说着，拉起她的一只手，但很快又放下，说，"你等我一下。"

说完，他像个孩子似的扭头就跑，沿着路边的那排青枫，一路跑进教堂。

等他出来时，步履已经恢复了惯有的稳重，不急不缓地走到洋子面前，微笑着说："我已约好了神父，下次礼拜时请你来参加我的洗礼。"

洋子半天都没有说话，直到甫仁把车停在她家门口，她始终低垂着脑袋。

甫仁绕过车头，在为她打开车门后，伸手抬起她的下巴，看着那双略带棕色的眼睛，说："洗礼后，我会正式拜访你父亲。"

晚饭的餐前祈祷后，洋子低垂着长长的睫毛，对父亲说："爸爸的计划快要实现了。"

"这不是我的计划，这是东京本部的计划。"桥本信雄是日本驻沪副总领事，而他的家族也是日本最古老与显赫的家族之一。如果不是那段短暂而备受质疑的婚姻，他现在恐怕早已进入内阁。

"只是……这一步走得太顺利了。"洋子抬起眼睛，看着父亲那张刀砍斧削般粗糙的脸，又说，"他不该是那么容易就上钩的人。"

"你以为男人上钩都是因为美色吗？"桥本信雄冷冷地说，"只有东京那帮混蛋才会这么想。"

"爸爸，你的话让洋子太难堪了。"

"你投身到土肥原门下那一刻，就该想到有今天。"

"每个帝国的子民都有为天皇效忠的义务。"洋子说，"我是桥本家的女儿。"

"我这辈子唯一做错的事就是带你回国。"桥本信雄说，"我应该把你留在法国，留在你母亲身边。"

当年，这个痴情而倔强的男人为了爱情不惜抛弃他的家族与前程，却不想妻子在女儿六岁那年投入一名意大利画家的怀抱。但是，他从来没有后悔过。

一个星期后，甫仁如约坐在他面前时，拉过洋子的一只手，说："我们的婚礼可以在上海办，也可以在京都举行。"他看着桥本信雄那双深邃的目光，又说："我不在乎婚礼的形式，但我一定要娶您的女儿。"

桥本信雄眯起眼睛笑了，掏出一把钥匙，对洋子说书房的柜子里有一瓶他珍藏了二十年的白兰地，你去替我取来。说完，他仍然微眯着双眼，目视女儿离去后，用生涩的中文一字一句地说："我不能把洋子嫁给任何一个中国人，出于目前两国关系的考虑，您也不应该娶一个有日本血统的女人。"说着，他站起身，朝甫仁用力低下了头，说："甫仁君，请您原谅我，也请您理解，我是一个父亲。"

甫仁好像早知道会有这个结果，在沙发里仰起脸，说："婚姻不光是一对男女的结合，它更是两个家庭的组合，如果我估计得没错的话，这应该也是你们外务省的愿望，特别是在目前这种形势下。"

"我就这么一个女儿。"桥本信雄坐回沙发里，说，"我不会让她成为国家的牺牲品。"

"那洋子会失去一个好丈夫，您也会再次失去你们天皇对您的信任。"

等到洋子用一个托盘端着那瓶白兰地与两个水晶酒杯回到客厅，甫仁已经离去。她却像什么事都没有发生那样，仍旧打开酒瓶，倒上半杯后，递进父亲手里，在沙发的扶手上坐下，说："他是个聪明人，他的话说得一点都没错。"

"所以我们更要知道他娶你的真正目的。"桥本信雄一下喝干杯中的酒，说，"这是一出戏，既然上了场，那我们就把它演逼真了吧。"

"这不是一出戏。"洋子俯下身，把头靠在父亲的肩上，轻轻地说，"这是我们在中国的任务。"

17

甫仁与洋子的婚礼最终选择在科西嘉岛上的一座小教堂举行。那里也是桥本信雄迎娶洋子母亲的地方。当甘哥林派人把一沓照片交到瑞香手里时，她扭头看了眼侍立一旁的韩初九。

一直等到来人离去，韩初九才由衷地感慨道："有时候，我真觉得他才是个真正的男人。"

"他为什么这么傻呢？"瑞香的眼睛再次停留在那些照片上，一张接着一张，在把它们重新又看完一遍后，说，"他为什么要给我们留下这么一个机会？"

两个星期后，四公馆里举办了一场盛大的堂会。花园的草坪上，整个戏台都用绛紫色的金丝绒装饰。从早到晚，除了在沪的四大京班轮流登台，其间不时穿插着爵士乐队与摩登影星们的即兴助演，就连流水席也分成了中西两式，从客厅的门廊一直摆到花园中央。四公馆就像在一天里重回了当年宾客如云、日夜笙歌的盛况，而应邀前来的，除了唐家的门生故友，更多的是上海滩的各界名流。

夜深之后，瑞香不仅亲自登台，而且还扮上相，在喧天的锣鼓声中，一段《穆桂英挂帅》把整场堂会推向了高潮。

可是，就在她躬身谢幕之际，宾客们开始纷纷离席。他们大多是西装革履，要么就是穿着长衫马褂的男人，在四公馆保镖们的引导下，由客厅的侧门进入偏厅。

韩初九面容严峻，恭敬地请每个人入座后，垂手站在门边，直到瑞香推门进入，他如释重负般地舒出一口气，知趣地退出门外，用双手轻轻拉上门，笔直地站在一边。

瑞香已经换掉戏服，但脸上似乎还留有油彩的光泽。她眼含微笑地从在座的每张脸上掠过后，脸上的笑意更浓了，说："诸位还愿意坐进这间屋子里，我很欣慰。"说着，她像男人一样，朝着每个人拱手致礼，接着又说："我们做帮会的，每年开香堂、收弟子，这是数百年来从未更改的规矩，不过时代发展到了今天，老规矩已经阻碍了我们发展，帮会的壮大需要门生子弟，但帮会的发展更需要有社会各界的精英，尤其是在上海滩这块中西交汇的地方……杜先生看到了这一点，所以他在三年前结了恒社，其结果，相信大家有目共睹，现在轮到我们了……我只要求不管什么时候，走进这扇门的人能做到一心一德、为国为民这八个字，他就是我们的一分子，就是我们的生死弟兄。"

天快亮的时候，用人们用托盘盛着热好的点心进来，小心翼翼地一一放下后，又小心翼翼地退出。一位须发花白的老头端起一碗银耳莲子羹，看着瑞香说："既然大风堂已经过时，我们换汤也得换药……四太太，新社团总该有个新名号吧？"

"名字只是一个符号。"瑞香说着，起身走到桌边，亲手铺开宣纸，提起笔，用力蘸饱墨汁后，兼工带写地在宣纸写下两个遒劲的大字：新记。

"新记。"有人一边在嘴里念道，一边笑着说，"这名字听着就像个馄饨铺。"

又有人忍不住要笑出声来，但马上咽了回去。

瑞香搁下笔，慢慢地转过身时，脸上已挂满笑容。她说："我们不求流芳百世，一百年太久了，我只愿它是一个新的开始。"

两天后，四公馆的堂会接近尾声时，余十眉带着南京陈先生的亲笔信突然到访。陈先生在信中除了祝贺新记创立，更多的是赞赏与期许，希望四太太在这个非常时期能有一番非常作为。为此，他不惜以私人名义请中国银行出面，腾出爱多亚路上的一幢别墅，作为新记的活动与办公场所。

瑞香随手把信放在一边，说："看来我身边有你们的人。"

早已贵为上海市党部书记长的余十眉诚恳地点了点头，说在上海的各个阶层里安插与吸纳中统人员就是他的工作。说完，他看着瑞香，又说："唐先生身边也有我们的人。"

瑞香不以为然，仍然淡淡地说："书记长不光是来当信使的吧？"

"我就是一名信使。"余十眉说，"陈先生的意思是防患于未然，请四太太要早做准备。"

"准备什么？"瑞香的目光一下变得锐利，直视着余十眉。

余十眉说："多事之秋就得未雨绸缪，四太太在这个时候自立门户，陈先生甚感欣慰。"

瑞香却发出一声冷笑，抬起左手，看着无名指上那枚硕大的钻戒，说："多少年了，上海滩的人们都叫惯了我四太太……有时候，他们叫得连我自己都快忘了，我这个四太太也是唐家的四太太。"

蜜月归来后，甫仁做的第一件事就是带着妻子前来拜访瑞香，并且奉上了一幅毕加索的油画，但真正的礼物却是甫成从华盛顿托人捎来的一封信。

瑞香看着信封上唐甫仁启那四个工整的钢笔字，久久没有说话。

甫仁笑了笑，说："甫成还小，等他长大就会明白你的苦心了。"

瑞香叹了口气，对站在一侧的韩初九说："新娘子是第一次来，你带她四处转转吧。"

甫仁看着妻子出了画室后，说："你想跟我说什么？"

瑞香靠进藤椅里，说："是你想跟我说什么吧？"

甫仁想了想，说："新记还姓唐吗？"

"你记得自己还姓唐，就不该娶这么一个女人。"说着，瑞香起身，从柜子里取出一本线装画册，放到甫仁面前，说，"里面的东西是我托人从东京收集过来的。"

甫仁翻开画册，只见里面夹着一份洋子的履历，就马上把它合拢，说："这种东西，我也有。"

"她在日本的外务省当过差。"

"她在那里当了两年的法语翻译，介绍人是她父亲。"

"其中有一年多是空白的。"

"我知道。"甫仁把画册交还到瑞香手里，说，"我娶了她，她就是唐家的太太。"

"是你更想成为桥本家的女婿吧？"

"我是个商人。"甫仁说，"中日一旦开战，我首先要确保唐家的产业免于战火，这是我的责任。"

瑞香一时没有说话，只是凝神看着他，一直看到他从沙发里站起来，走到窗边，伸手推开窗户。天空中乌云密布，就像要把大地压垮那样，令人有种说不出来的窒息感。

甫仁背对着瑞香，说："这场雨要下来，谁也躲不过去……我们能做的，就是尽量别让自己被冲垮了。"

"雨过总会天晴的，你不该是那种短视的人。"说着，瑞香起身，慢慢走到甫仁身边，跟他并肩望着乌云密布的天空，又说，"有些帽子戴上去了，是一辈子都摘不下来的。"

"不是还有你吗？"甫仁忽然笑了，扭头看着她，好一会儿，才意味深长地说，"你说……如果我不去法国结这趟婚，今天的上海滩上会有新记吗？"

瑞香一愣，猛然扭头，直视着甫仁那双因温和而显得格外深邃的眼睛。

甫仁慢慢地伸出手，却在触碰到瑞香脸颊的瞬间陡然垂落。

甫仁重新回到藤椅前坐下，说："有多少事情是一眼可以望得到头的？……有时候，我们还要知道让眼光在什么地方拐弯。"

瑞香紧闭着嘴唇，倚靠在窗台上，眼睛一眨不眨地看着他。

"我们只是棋盘里的两只卒子，你要吞下一头象，就必须得先过了那条河。"甫仁的脸上又露出了笑。他说："至少有一点，我们是一样的，我们就是那两只想吞下一头大象的卒子。”

离开四公馆的一路上，甫仁靠在汽车的后座上，眼睛始终望着车窗外大雨如注的街景。洋子挽起他的一条胳膊，把脸靠在他肩头，说：“你们吵架了吗？是为了我吗？”

甫仁想了想，答非所问地说：“这是我们最后一次去她的公馆，我们再也不会去那个地方了。”

“值得吗？”洋子看着丈夫，说，“你们是一家人。”

“一家人，怕的就是两条心。”说着，甫仁把嘴凑到妻子的耳边，改用法语说，“我们才是一家人……你要记住，任何时候都不要忘了，你是我的夫人。”

洋子没有作声，只是把他的胳膊挽得更紧了。

汽车驶到汇通银行时，甫仁让司机靠边停下，说：“你先送太太回公馆，再来这里接我。”

说着，他像法国人那样吻了吻妻子的脸颊，接过公文包，推门下车，冒着雨跑进银行。

但是，甫仁并没有搭乘电梯上到杨静庵的办公室，而是匆匆穿过大厅，沿着过道从后门离开，上了一辆早已等候在那里的轿车。

开车的是个脸色苍白而英俊的年轻人。他一言不发地载着甫仁穿街走巷，绕了很大一个圈子，才来到黄浦江边的一所船坞。下车后，年轻人恭敬地朝着一艘快要竣工的驳船做了个请的手势，仍然一语不发。

甫仁在驾驶舱里见到井上武时，他正穿着工装、戴着手套在校正舵盘下面的那些铰链。甫仁站着看了会儿，说：“井上先生，我们的时间都很紧。”

井上武这才把扳手交给身边的技师，摘下手套，用流利中文说："对于一条航行中的船来说，发动机与方向舵到底哪个更重要一些？这个问题我想了大半辈子，到现在还是没有想明白。"说着，他亲热地一拍甫仁的胳膊，领着他下到船舱里，看着他坐下后，说："您为什么要这么做？"

"我做了什么？"甫仁不动声色地看着这个须发皆白的小老头。

井上武说："您不该逼迫汇通，让它出面为你收购香港的九宫海运。"

"是你们的政府在逼我……战争一旦爆发，中国内陆的航运必然会受到军方限制，而国际间的对华贸易却会因此成倍地增长……我记得我曾跟您说过，我创建联合船运，就是为了有朝一日能让我的船队开到海上去。"甫仁说，"现在时候到了，我需要借用九宫海运这个外壳。"

"但您要知道，九宫海运的背后是我们井上家族。"井上武说，"您是在通过井上家的银行，收购井上家的公司。"

甫仁笑了，说："那您为什么在这个时候来上海，而且还买下了这家船厂？"

井上武说："我买下这家船厂，用的是我自己银行的钱。"

甫仁摇了摇头，说："现在，这已经不是钱的问题了，您这次来上海，是来撒网与布子的，你们已经在为入侵后做准备了。"说着，甫仁收敛起脸上的笑容，像鹰一样盯着他，又说："我想，您一定是得到了你们军方的授意。"

井上武说："甫仁君，我一直都很欣赏您，也愿意跟您这样的人合作，因为您不仅是个商人，您还有政治家的眼光。"

"商人的眼睛里只有利益。"甫仁说，"只不过，我的利益里面也包含了国家的利益。"

"日中之间这一战只是时间问题，但不管对于商人还是军人来说，战争就是证明自己最好的机会。"井上武想了想，接着又说，"我想，在今后的几年里，我会把更多的精力放在这里。"

甫仁发出一声刺耳的冷笑，没有开口说话。

井上武说："甫仁君，这次来上海，您是我唯一想见的中国人。"

"您当然要见我，因为，我们唐家的势力不光局限在上海这座城市，在中国这块土地上，只要我的船航行到哪里，唐家的势力就会延伸到哪里……我想，您也是要借用联合船运这个外壳，来装下你们井上家族在中国的扩张野心。"甫仁认真地说，"可您想过没有，您是不是太高估了你们国家的能力？"

"所以，我需要朋友，需要真正的合作者。"井上武同样认真地说，"甫仁君，你我都阻止不了战争的发生，也改变不了历史的进程……我们能做到的，就是改变自己，把握住每一次机会。"

甫仁沉默了一会儿，说："我的条件是你必须出让九宫海运。"

井上武看着他，很久才垂下眼皮，说："那好，那我们就剩下一个问题了。"

18

瑞香遇刺那晚，是和声社在上海的最后一场演出。戏票早在三天前预售一空。瑞香在后台一直待到戏快要开场，才由程老板亲自陪着进入她的包厢。

就在舞台上的锣鼓响起时，戏院的管事被保镖带进来，躬着身子，说："四太太，休息室里有您的电话。"

瑞香还没有开口，站在一侧的韩初九就警觉地说："谁打来的？"

戏院管事摇了摇头，正想再说什么时，瑞香已经站了起来。

韩初九陪着她离开包厢时有点放心不下，又叫上两名守在门外的白俄保镖。可是，就在一行人走向休息室的路上，一声巨响从他们的包厢传来，爆炸掀起的气浪把大厅里的水晶吊灯震落在地，整个兰心大戏院顿时乱作一团。

韩初九一把抓过戏院管事，瑞香却镇定地说："我们走吧。"

瑞香并没有回四公馆，而是驱车直奔上林雅院。老鸨阿九在看清众人的脸色后越发不敢多言，一直到奉上茶水时，才小心翼翼地说："要不，我把场子清了吧？"

"不用。"瑞香说，"你忙你的去吧。"

韩初九在安排好后院的警卫后，敲门进入，说："电话公司那边，我已经派人过去了……估计不会查到什么有用的。"见瑞香没有作声，他又说："看来，这次是要图穷匕见了。"

瑞香抬眼看着他，说："你为什么要这么说？"

"明天是召开临时董事会的日子。"韩初九说，"他是要阻止你去参加这次会议。"

瑞香伸手端起茶盏，见他并没有告退的意思，竟然展颜一笑，说："刚才进来时，我见到筱玉兰了，她是越长越漂亮了……你就没想过要收了人家？"

韩初九愣了愣，垂下头去。

瑞香又说："你要有这个心，我去跟阿九说。"

韩初九看着瑞香，恳切地说："养兵千日，用兵一时，我们该让乔三过来了。"

瑞香没有再作声，一直到韩初九离去，门被轻轻拉上，她才放下端着的茶盏，扭头回顾屋子。这里就是她做佣人时的香闺，一桌一椅都保持着当年的原样。这里，一度也是唐汉庭办公与留宿的地方。他在这间屋子里发号施令，掌控着整个大风堂，也主宰着大半个上海滩。瑞香无声地吐出一口气，起身走进里屋，看到昏黄的灯光下那张雕花大床，忽然有种恍若置身于梦中的错觉。

第二天，联合船运的董事会议在黄浦江的一艘游轮上召开。因为瑞香迟迟没有到场，许多董事都不敢擅自表决。甫仁合上文件，略显无奈地说："好吧，既然举个手有那么难，我是董事长，这个难下的决定就由我来下吧。"说到这里，他顿了顿，目光变得锐利起来，在每张脸上审视一圈后，接着说道："不过……我请诸位要明确一点，我今天所作的决定是为了把我们这个盘子做得更大。"

"现在国共都开始联合抗日了，我们在这个当口上，还要加深跟井上家族的合作，这合时宜吗？"说话的是个蓄着一抹八字胡子的中年人。他一边说，一边把填满烟草的烟斗叼进嘴里，点燃后，在吐出的烟雾中，不紧不慢地又说："我顾某人不在乎世人会不会骂我是汉奸，我担心的是日本入侵后……这种时候与其做大盘子，不如把它变现，入袋为安。"

"道宏兄要变现，我现在就可以收购你的股份。"甫仁说，"但你要想清楚，这仗一旦打起来，你入袋的钱又能安稳到哪里去？"

顾道宏一笑，说："至少到那时候，我还能有钱捐给政府去买军火。"

"那你买来的军火呢？它需要由船来运输吧？"甫仁也笑了，目光从他脸上移开，诚恳地说，"我想，道宏兄的顾虑也是大家的顾虑，说心里话，这种顾虑我也有过，我也不想让人说唐家发的是国难财，而且家父在世时一直就在抵制日本方面的渗透，但我们是生意人，我们经营的是公司，我们要确保联合这块招牌在这个乱世中屹立不倒。"

顾道宏说："可你会把这块招牌弄脏的。"

游轮上的空气一下子凝固了。甫仁慢慢低下头去，伸手抚摸着桌上的那份文件，好久都没说一句话。

午后时分，游轮停回启航的码头。甫仁把每一位董事都送离后，才坐进自己的车里。胡石言手把着车门，说："都去找过了。"

说完，他微微摇了摇脑袋。

甫仁说："上林雅院呢？"

胡石言说："我也去过了。"

甫仁没有再说话，一把拉上车门后，轿车沿着江堤急驶而去。

事实上，瑞香整个上午都坐在甫仁新居的客厅里。这幢带花园的法式洋房是丈夫送给妻子的新婚礼物，位于霞飞路最中心的地段。瑞香跟洋子如同一对久别重逢的好姐妹，天南地北的，从先施公司里的香水与丝袜，一直聊到百乐门舞厅里新装的弹簧地板。快到中午的时候，像是忽然记起来，瑞香说她已经在豫园里订好了一桌斋菜。说着，拉住洋子的手，亲热地又说："你是见过世面的人，吃惯了生鱼片，也尝惯了西式的大餐，你一定要尝尝城隍庙里的斋菜。"

洋子却用一种玩笑的口吻说："四太太，我可不是吃素的。"

"我就是要你尝尝吃素的味道。"瑞香笑吟吟地说着，松开拉着洋子的手，起身不由分说地吩咐韩初九说，"你去把车开来，我们上城隍庙。"

可是，瑞香在途中又忽然改变了主意，让韩初九直接把车开到了城外的真如寺。她对洋子说："城隍庙什么都好，就是人太多了。"

洋子没有搭腔，也没有看她，始终面色如常地望着车窗外。

瑞香是在席间无意中说起原田健一的。说到这个老牌特务在戒备森严的办公室里被人扭断脖子时，她像顿觉失言那样，忙掩口说道："真是罪过，我们怎么可以在这个地方说这些恶心的事。"

洋子的脸上这才起了细微的变化，瑞香却话题一转，仍然天南地北的，说的都是女人在餐桌上的话题。

夜深之后，瑞香由韩初九陪着重新回到霞飞路上的那幢花园洋房时，甫仁已经派人找遍了整个上海滩。他一见瑞香，就厉声说："我太太呢？你把她带哪里去了？"

瑞香笑而不答，穿过客厅，径直走进他的书房。

甫仁关上书房的门，还是瞪着她，说："你唱的到底是哪一出？"

瑞香在一把椅子里坐下，微笑着说："你放心，我还没狠到要对你的女人下手。"

长长地吐出一口气后，甫仁说："炸弹是我让人去安的，电话也是我让人打的。"

瑞香说："那你唱的又算是哪一出呢？"

"我要确保今天的决议顺利通过，联合要活下去，必须得有海上的船队。"甫仁在瑞香旁边的椅子里坐下，看着她，又说，"我不是父亲，我绝不会让唐家葬送在任何一场战争里。"

瑞香避开他的目光，说："我也可以召集董事会，我还可以罢免你这个董事长。"

"我知道，董事会里很多人向新记投了拜帖。"甫仁说，"但我们两个真要斗起来，垮掉的就是整个唐家的产业。"

"哪怕它垮了，我也绝不会让日本人上联合这条船。"

"他们已经上船了。"

"那就由我来赶他们下去。"

"你以为只有日本才是我们的敌人吗？"甫仁看着瑞香，忽然语气一变，耐着性子从庚子年八国联军攻占北京城开始，一直说到刚刚发生在英美烟草公司的大罢工。甫仁说欧战[1]后的这十多年，是国家的经济与建设突飞猛进的黄金十年，这是西方列国都不想看到的，也是难以忍受的，他们要阻止中国的发展，同时还要削弱日本的力量。说完，他抬起头，看着墙上挂着的一幅油画，冷笑一声，又说："别以为英美会带来和平，会在中日之间斡旋、调停，那些都是假象，他们真正的目的是要两国交战，才符合他们在远东的利益与野心。"

"所以，你就铁了心地依靠日本人？"瑞香说完，目光锐利地盯在甫仁脸上。

甫仁一下子沉默了，起身从书桌的抽屉里取出一把钥匙，放进瑞香手里，说他已经用瑞香的名字在花旗银行开了个保险箱，里面放着一份已经签好的文件……联合海运一旦在香港站住脚跟，他就会退出联合船运，还会离开上海。甫仁说："到时候，是把日本人赶下船，还是把他们摁死在船舱里，都不关我的事了。"

这一次，瑞香没有说话，低头把玩着手中的这把钥匙。

过了好一会儿，甫仁又说："现在，你该告诉我洋子在哪里了。"

瑞香慢慢抬起眼睛，说："这个女人对你真有这么重要？"

甫仁毫不犹豫地说："是。"

联合海运在香港成立不到一周，日本的军队就在飞机与舰炮的掩

---

① 欧战："二战"爆发前对第一次世界大战的称谓。

护下由金山卫登陆，向上海展开了疯狂进攻。甫仁每天只在报纸上了解战况，好像那座战火中的城市已经不是自己的家乡，到了晚上就带着妻子出入各种晚宴与舞会。洋子却一直显得有点忧心忡忡。这天晚上，在前往港督府的敞篷车里，她由衷地感慨道："没想到战争就这么开始了。"

甫仁好像没有听见。一路上，他的眼睛始终望着山脚下稀落的灯火，直到车在港督府的大门前停稳，才牵起洋子的手，说："上海已经过去了，我们要在香港站稳脚跟，必须得到英国人的支持。"

甫仁是在洋子与几名英国贵妇聊得正欢时悄然离开的，独自驾车下山，到了维多利亚港口后，快步登上了一条停在岸边的小渔船。

盘坐在船舱里的年轻人是甫良。他刚刚搭乘东印度公司的货轮由欧洲归来，脸上布满着长途航行之后的疲惫与焦虑。

隔着矮桌上的一盏渔灯，这对同父异母的兄弟就像两个陌生人那样，彼此注视了良久。

甫良终于开口，毫不客气地说："你到底在搞什么？鬼鬼祟祟的。"

"现在的香港到处是日本特务，我担心他们会阻止你回上海，甚至还会暗杀你。"甫仁说，"我不能让你有一点闪失。"

"你来电是说我妈病了。"甫良说，"我是来看我妈的。"

"二娘的身体并无大恙。"甫仁说，"老三，你得留下来，家里需要你。"

甫良想了想，说："父亲下葬时我都没有回来，你们就没想过这是为什么吗？"

"你从来都没有把自己当成是唐家的人。"甫仁说，"可我们不能忘了，我们的身上都流着父亲的血。"

甫良沉默良久后，忽然说起了艾丽丝："去年在法国度假时，二姐带我去看过她，她现在住在一家修道院里。"说完，他马上又说："你应该带我去见见我的日本嫂子。"

"你从小就刻薄，到现在还是没变。"甫仁笑了，掏出一张火车票，说，"等会儿水警署的快艇会直接送你去广州，你明天就回上海……长兄为父，这次，你一定要听我的。"

"你到底要我干什么？"

"接管家里在上海的所有产业。"

甫良一惊，看着大哥半天才说："我是军人，我对生意一窍不通，也没有兴趣。"

"现在不是凭兴趣做事的时候，这是我们的命运。"甫仁郑重地说，"唐家这副担子只能由我们兄弟两个挑起来。"

甫良想了想，说："家里不是还有瑞香吗？"

"她会把我们唐家毁了的。"甫仁说，"这才是我最担心的。"

19

广州北上的列车穿过枪林弹雨驶入上海时，一架日本战机正呼啸着坠毁在火车站附近。爆炸震得大地都在颤抖，烈焰在瞬间坍塌的楼宇间与尘土一起冲向半空。但是，人们只在片刻的恐慌后就恢复如常，好像这场发生在咫尺外的战争跟谁都没有关系。

胡石言在车站的出口处没有接到甫良，回到唐公馆才发现，离家多年的三少爷已经跪在母亲面前。

二太太的泪水滴落到儿子的脸上，好一会儿才说："傻儿子，人家都在往外跑，你还回来干什么。"

儿子没有回答，始终用一种温顺的目光凝望着母亲，任凭她的泪水滴落在自己脸上。

当晚，短暂的歇息后，租界外的激战又开始打响。胡石言就是在一片枪炮声中叩开甫良的房门，轻轻地说："三少爷，四太太要跟您见一面。"

甫良愣了愣，看着他，说："你到底是谁的总管？"

胡石言低下头，仍然轻轻地说："三少爷，四公馆也是唐家的四公馆。"

甫良没有再说话。自慕尼黑军事学院毕业，他一直在靠近波兰边境的第八山地师服役，早已把自己训练成一名真正的德国军官，举止优雅、风度翩翩，但目光中却有一种让人望而却步的威严。

瑞香就是在这双眼睛深处又见到了唐汉庭的影子。许多念头一闪而过后，她不禁感慨地说："我见过你的照片，没想到你比照片上还瘦。"

甫良笑了笑，在凉亭里的一张石凳上笔直地坐下后，扭头望着花园围墙外的天空。枪声四作的方向不时有照明弹远远地升起，把暗红色的夜空照得雪亮。

这时，用人们进入凉亭，撤掉石桌上的古筝，摆上什锦果盘与茶水。瑞香亲手换上一支檀香后，又说：“这些都是采芝斋的蜜饯，你妈说过，你从小就喜欢吃这些。”

甫良又笑了笑，说：“四太太，你邀我来是赏月的吗？”

瑞香一直等到用人们穿过草坪都退回屋里，才从侍立一旁的韩初九手中接过两本花名册，说：“你也走吧。”说完，她把花名册放进甫良手里，看着韩初九离去的背影，缓慢地说道：“我把大风堂变成了新记，现在，一起交还给你们。”

甫良直挺挺地坐着，好半天，笑容才重新浮上嘴角，说：“拿着这两本东西，我还能出得了这个花园吗？”说着，他把两本花名册一起放到石桌上，看着瑞香，说：“你应该知道，我在德国入伍，就是为了有理由不回这个家。”

“可你回来了，你哥要做绅士，就得有人去当流氓。”瑞香说，“这就是唐家，这是你们的命运。”

甫良终于低下了那颗傲慢的头颅，但马上又抬起来，说：“你放心吧，我很快会离开上海。”

“我知道。”瑞香说着，打开装着檀香的锡盒，从里面取出一张纸片。

这是甫良在广州临上车前发出的一份德文电报。收报人是德国援华的一名军事顾问，他也是甫良在慕尼黑军事学院里的教官。甫良希望教官能推荐他去孙元良的第八十八师，他要用血肉之躯来保卫他的家乡。

甫良拿着电文，发出一声冷笑，说：“原来一入关你就在盯着我了。"

"我盯着的人是甫仁。"瑞香说，"他跟日本人走得太近了。"

甫良摇了摇头，说："其实，你们是一路人，你们都是吃着碗里看着锅里的人……你们最害怕的就是有人会来跟你们分一杯羹。"说着，他站起来，看了眼石桌上那两本花名册，又说："侬还是把它们放回你的保险箱吧。"说完，甫良转身出了凉亭，一直走到草坪边缘，才记起手里还捏着那份电文，就重新折回来，把它放回石桌上，说："如果你没见到这份电报，你会怎么对付我？"

"你说呢？"

甫良想了想，说："我出生在这个家里，在这个家里长大，我比谁都清楚帮会的手段。"

瑞香仍然端坐着，不紧不慢地说："如果你真的心意已决，我可以推荐你去南京的国防部，保家卫国不一定非得去战场上拼命。"

甫良又笑了，说："四太太，你操的心太多了。"

瑞香跟着也微微一笑，没有再说话，目送甫良穿过草坪离开后，就见韩初九与两名保镖从桂花树丛的暗处转了出来。

韩初九步入凉亭，说："如果这份电文是他虚晃一枪呢？"

"那就说明我看走眼了。"

"你太心慈手软了。"

瑞香一下仰起脸，直视着韩初九，迫使他不得不低下头去，无声地退出凉亭。

这天晚上，瑞香整夜都没有回屋就寝，而是坐在凉亭的石桌前，让用人重新摆上古筝，在彻夜不绝的枪炮声中，一曲接着一曲地弹奏，直到东方发白。

韩初九同样没有回屋。他始终垂立在凉亭外。露水打湿了他的衣服，露珠凝结在他的头发梢，在初升的阳光下闪闪发亮。

琴声戛然而止。瑞香终于垂下双手，扭头看着韩初九，说："你要是不困，就去趟上林雅院，去给乔三发报吧。"

韩初九愣了好一会儿，说："江阴段的航道都已经被封锁，他们的船下不来了。"

"船过不去，可以用脚走。"瑞香说，"你去找甘哥林的秘书，安排他们以难民的身份进上海。"

乔三带领他的兄弟由陆路进入租界时，持续了三个多月的淞沪会战已经接近尾声。南京最高统帅部下达全线撤退命令的第二天，余十眉匆匆赶到四公馆，再三劝说瑞香："还是走吧，说不定明天这里就成了一座孤岛。"

"我哪儿都不会去。"瑞香平静地说，"你们没守住上海，我得看着我的家。"

"四太太，这是陈先生的意思。"余十眉说，"我们已经安排好了，他希望您能去重庆。"

"我没领过你们政府一天的饷，我不需要听从任何人的安排。"瑞香说着，把脸转向枪声还在响彻的方向，又说，"你们可以把那四百来名官兵扔在四行仓库里，拍拍屁股说走就走，可我不能丢下新记的弟兄们。"

"这是战争。"余十眉说，"我们都得从大局着想。"

"我只是个女人，女人的大局就是寸步不让。"瑞香说完，毫不客气地端茶送客。

一下子，余十眉的脸上平添了几许怅然之色。他掏出一个本子，撕下其中的一页交给瑞香，起身告辞。瑞香送到客厅门口，听着汽车驶出花园的大门，才低头看了眼手中那张纸片，只见上面是一个地址，就划着火柴把它点燃，等它在烟灰缸里烧成灰烬后，扭头对韩初九说："我们快走吧。"

瑞香赶到苏州河边时，一河之隔的四行仓库方向，战斗还在继续。流弹不时从对岸飞来，带着尖锐的啸声钻入墙壁或是击碎沿街店铺的玻璃，但瑞香毫无惧色，一下车就直奔河埠。可是，她的两条船，连同上面的干粮、药品与人员都已经被英国军队扣押。

瑞香瞪着英国领事馆的那名武官，对他的翻译说："你告诉他，马上放人。"

"放人可以，把船放行也可以，但他们过了河就不能再回来。"翻译转述武官的话，说这是英国总领事跟日本军方订下的协议。

"这是中国红十字会的人道救援。"瑞香说，'伤员必须进入租界治疗。"

武官不等翻译说完，就用英语说："很抱歉，四太太，我们会用子弹阻止您的船靠岸。"

瑞香在听明白后，忽然笑了，对翻译说："你告诉他，只要他胆敢向我的船开一枪，我保证英租界会永无宁日。"说完，瑞香再也没有看那名武官一眼，径直走到乔三面前，从手袋里掏出一张照片，说："记住，一定要把这个人给我带回来。"

乔三接过照片，没有说话，而是像军人一样双脚一并后，冲着手下一挥手，率先登上船，就在英国军队黑洞洞的枪口下，驶向对岸飘来的硝烟中。

在苏州河北岸负责阻击日军的是国军第88师524团1营的414名官兵。现在，他们已经成为唯一留守在上海的中国军队，盘踞在四行仓库那幢六层楼的混凝土建筑里。这里，既是他们的战壕，也是他们的指挥所。

乔三穿过横飞的子弹，被带到四行仓库的顶楼时，不禁挺直了身体，朝着指挥官行了一个标准的军礼，说："谢长官。"

谢晋元不解地看着他，说："我们认识吗？"

乔三说："长官在十九路军任职时，我是蔡总指挥的警卫排长。"

谢晋元点了点头，说："你回去替我谢谢四太太，谢谢上海的父老乡亲们，只要有你们在，524团的兄弟们就不会退守半步。"

乔三说是。说完，他又说："谢长官，四太太的意思是……请长官允许，让我把受伤的兄弟们带回去治疗，她已经腾出了唐家的医院。"

"重伤员都在楼下，他们愿意跟你走，我不会拦阻。"谢晋元说完，见乔三仍然站着没动，就说，"你还有什么事？"

乔三掏出那张照片，说："这个人我也要带走。"

谢晋元瞥了眼照片后，怒目而视着乔三，从牙齿的缝隙里蹦出一个字："滚。"

乔三回到苏州河南岸时天色已经黑尽。他找遍了整个四行仓库，最后在二楼的一个机枪位旁找到甫良。这名年轻的军官已经顾不上军人的风度，正解开裤子往烧得通红的枪管上撒尿降温。子弹几乎是贴着他的身体擦过。

乔三纵身将他扑倒在地，说："四太太让我带你回去。"

甫良显然已经杀红了眼，拔出佩剑就往乔三脖颈里抹去。

乔三一把抓住他的手，大声说："是四太太让我来的。"

好一会儿，甫良才明白过来，推开乔三，却没有说话，抓过地上的布伦式轻机枪，换上弹匣后，就像什么事都没有发生过，蹲回到他的射击位上，朝着马路上来的日军一阵扫射。

这些，乔三都没有对瑞香说。他只是低着头，满身血污地站在她的面前。

韩初九一直到汽车驶进四公馆的大门，才从副驾驶座上扭身问瑞香："二太太那边……我们该怎么回复？"

"有什么好回复的？"瑞香面无表情地说，"她应该感到高兴，唐家总算又有了个像样的男人。"

但甫良最终还是离开了524团。就在谢晋元接到最高统帅部撤退命令的当晚，他们在英军的火力掩护下，通过新垃圾桥进入公共租界，很快被送到意大利防区的胶州路进行隔离。第二天，两名意大利卫兵把甫良带进一间接待室。他看着脸色阴沉的瑞香，极不耐烦地说："你到底要干什么？"

瑞香坐在长条桌的最里端，远远地看着甫良，说："宋先生下午回南京，他的税警团需要像你这样的军官。"

甫良站着，说："我决不离开524团。"

"现在不走，以后只怕就走不了了。"瑞香说，"你们很有可能会在租界待到战争结束。"

甫良愣了愣，走到桌边慢慢地坐下，沉默了好一会儿，忽然说："我妈还好吧？"

"你还有时间。"瑞香说，"你可以自己回家去问她。"

20

瑞香正式接任联合船运董事长当天，就在位于外滩的办公室里宣布她的第一个决定——联合船运在长江里的所有船只将与民生公司合作，协助国民政府迁都重庆。

作为井上家族在上海的代表，杨静庵一直等到所有的董事们都离去，才像是忽然记起来那样，说："井上武先生希望能在合适的时候来拜会四太太。"

瑞香扭头看着窗外纷飞的雪花，说："我看不必了。"

但井上武还是专程由日本赶来，请甘哥林代为安排，在法国总领事馆的一间会客室里，他亲手奉上一柄古朴的日式短刀后，用流利的汉语说："在日本，赠送武士刀是男人与男人之间最古老、最崇高的礼仪，四太太巾帼不让须眉，请接受我的敬意。"

瑞香接过刀，随手交给韩初九后，笑着说："据我所知，你们日本还有一种说法，交出佩刀，就意味着投降。"

井上武充耳不闻，请瑞香入座后谈的都是生意。他希望联合船运能延续他与甫仁之间的协议，共同拓展在中国内陆的航道。井上武认真地说："我已经看到了联合船运成为中国船运之王的那一天。"

　　瑞香又笑了，说："井上先生，今天我应邀前来就是要当面告诉你，我们之间只有战争，没有合作。"说完，瑞香站了起来，俯视着井上武，不急不缓地又说："我还要告诉你，只要联合船运存在一天，我就会尽我所能地阻止你们公司在中国的扩展。"

　　"四太太，您太感情用事了。"井上武说，"我们谈的是生意。"

　　瑞香没有理会，走到门边，才回过身来，说："这已经无关生意了。"

　　"四太太，如果我下令汇通银行撤资，那就意味着你会多一名对手，少一位朋友。"井上武说着，起身走到瑞香面前，仰脸看着她，说，"我知道，联合船运的船现在都集结在南京的下关码头，在为你们的政府转运工业设备，可您知道吗？它们为什么至今还没有遭到轰炸？"

　　"我当然知道，我还知道你是搭乘你们陆军部的飞机来上海的。"瑞香说完，转身离开会客室，一直到汽车驶离法国总领事馆的大门，才伸手拍了下韩初九的肩头。

　　韩初九心领神会，但还是有点犹豫，从副驾驶座上回过头来，说："法国人一定会插手的。"

　　"我们没有时间了，日本已经下达了进攻南京的命令。"瑞香说，"我要确保金陵兵工厂里的设备顺利运往汉口。"

韩初九没有再出声，待汽车拐过十字路口时下车，就见乔三已经远远地等在街边。

几分钟后，井上武乘坐的轿车就在这个十字路口被忽然蹿出的几辆汽车截停。刺耳的刹车声响起的同时，路人中的几名男子迅速扑向汽车。

井上武被一把揪出车厢，塞进了一辆还没停稳的轿车里。同时还有他的司机。那名脸色苍白而英俊的年轻人刚掏出手枪，乔三的枪口已经顶住了他的脑袋。

很快，十字路口又恢复了通行，如同什么事情都没有发生过，依旧人来车往，熙熙攘攘。

井上武再次见到瑞香，是在一幢带天井的石库门房子里。

"您太愚蠢了。"井上武说，"四太太，如果傍晚前我还没走进虹口的领事馆，我们的军方就会出动飞机，他们会把你的船全部炸沉在长江里。"

瑞香从韩初九手中接过那把古朴的短刀，若无其事地说她已经问过行家了，这把刀又叫肋差，是日本武士剖腹自杀时用的。说着，她把刀放在井上武的面前，面带着笑容说："要是你是个武士的话，我想，你很快就会用得着它了。"

井上武低头看着桌上的短刀，长长地呼出一口气，说："我是个商人，在商人的眼睛里没有什么是不可以交易的。"

"这样最好，你知道我需要什么。"瑞香说着，微微一抬手。

韩初九转身拉开门，乔三推着那名脸色苍白而英俊的年轻人进来，一直走到井上武面前。

井上武叹了口气，说："好吧，你替我去见桥本副总领事，就说我跟四太太的洽谈一时还结束不了。"

瑞香看着年轻人，说："记住，只要我的船有一条被炸沉，你的主人就会跟着去陪葬。"

年轻人没有说话，更没有看瑞香一眼。蒙上头后，很快被带出房间。

井上武忽然笑了，看着瑞香，说："四太太，您考虑过这样做的后果吗？"

瑞香当然考虑过。当天晚上，四公馆的门外就多了许多陌生的面孔。他们都是来自虹口的日本特工，衣服后面鼓鼓的，揣着手枪。

四天后，远在南京的保卫战打得最胶着的时候，韩初九有点沉不住气了，闯进瑞香的画室，说："还是让乔三带人过来吧，万一那些日本人要有动作，我们这里的人手不够。"

瑞香一手提笔，一手端着调色碟，她的注意力似乎全部都在那张未完的画作上。过了很久，她才说："我们的船到哪儿了？"

韩初九愣了愣，说："今晚就能停靠汉口码头。"

瑞香没有再说话，把调色碟中的红色颜料尽数泼在画作上后，勾勾点点，她画的是一幅《血染江山图》。一直到要落款时，才仰起脸对韩初九说："你要是不嫌我画得太差，我就把这幅画送给你。"

韩初九一下像是明白了，说："那我们冲出去，我们内外夹击，很快就能干掉外面那些人。"

"枪声一响，就等于给了巡捕房插手的机会，他们就能向日本人交差了。"瑞香说完，笔走龙蛇，在画作上题字、落款、盖上印章后，对着韩初九一笑，又说，"你放心，只要井上武还在我们手里，就没有人敢轻举妄动。"

说着，她示意韩初九在一把椅子里坐下，并亲手为他倒了一杯茶，然后就开始围着画桌踱步。瑞香一边踱步，一边不急不缓地说着，一桩桩、一件件，直到把每一项事务都交代清楚了才站住，看着她的总管事，长长地吐出一口气，说："在上海，你是我最信任的人。"

韩初九半张着嘴，却没有说话，双手捧着的那杯茶也没有喝过一口。他只是仰着脸，睁大眼睛看着瑞香。那眼神，就像个无辜的孩子凝望着他的母亲。

瑞香笑了，温和地说："好了，你去替我准备吧。"

第二天的傍晚，甫仁搭乘中国航空的邮政专机忽然飞抵上海。他先去了虹口的日本总领事馆后，驱车直奔四公馆，一见瑞香就要求放了井上武，并且说："这件事到此结束，就当什么都没发生过。"

瑞香发出一声冷笑，说："这是日本人给你的许诺？"

"你在这里迟迟不动手，不就是为了等这句话吗？"

"我是在等你。"瑞香告诉甫仁，她已经抵押了这座公馆，还变卖了所有的首饰与这些年的收藏，就连唐汉庭当年留给她的积蓄也全部拿了出来。瑞香用一种忧伤的眼神看着甫仁，说，"这些年里，我一心想的是让大风堂上岸，现在，却不得不把新记拖下水。"

"你这是要毁了唐家，你的这些钱能维持联合船运多久？"甫仁不停地摇着他的脑袋，用一种近乎绝望的语气说，"凭一个人、一家公司是抵抗不了一个国家的，那是一台战争机器，它会把你碾得尸骨无存。”

"皮之不存，毛将焉附？你是读书人，这些道理你比我更明白。"瑞香说，"现在，我就等你一句话。"

甫仁沉默了很久，说："放了井上武，先让自己脱身。"

"不管我是杀了他，还是放了他，门外的那些杀手都会冲进来。"瑞香淡淡地一笑，继续说，"你比我更清楚，今晚我就会死在乱枪之下。"

"所以你要相信我。"甫仁说，"我大老远从香港赶来，就是为了救你一条命。"

瑞香说："可你值得我信任吗？"

"只要你是我们唐家的女人，我就对你负有一份责任。"甫仁看着瑞香说。

瑞香又笑了，说："我死了不是更好吗？你就能重新接管联合船运，日本的军队打到哪里，你的航道就能延伸到哪里。'

这一次，甫仁没有说话，而是从皮包里取出一本薄薄的书本，放进她手里后，起身走到小客厅门边。甫仁扭头又看了她一眼，还是没有说话，默默地转身离开。

瑞香低头看了眼，见甫仁留给她的是本已经翻得半旧的《国防论》[①]。这本书，在她的书架上也有一本，作者蒋方震是唐汉庭在日本留学时的朋友。他在书的扉页上题着一行字：万语千言，只是告诉

---

① 《国防论》：军事著作。1937年初上海《大公报》刊印，着重阐述了战斗力与经济力是不可分的，强兵必先理财的理论，并从当时中国的国情出发，提出了对日持久战的战术思想。作者蒋方震又名蒋百里。

大家一句话，中国是有办法的！

瑞香猛然站了起来，径直朝外走去。

始终侍立一旁的韩初九不禁叫了声："四太太。"

"记住我说的话。"瑞香说完，头也不回地出了小客厅的大门，一直到坐进甫仁的车里，才又说，"好，我信你这一回。"

甫仁只是看了她一眼，伸出手，盖在她的手背上，用力捏了一下。瑞香能感觉到，甫仁的掌心尽是冰凉的汗水。

车到大世界门口时，瑞香让司机靠边停下。她一指早已等在前面的一辆白色轿车，说："它会带你去找井上武的。"

说完，瑞香飞快地推门下车，但并没有马上离去，而是站在霓虹灯下，目视着车窗内的甫仁，一直看到他的车消失在十里洋场不夜的霓虹中。

乔三不知何时已经静静地站在一侧。这时，他轻轻地说："四太太，我们该走了。"

瑞香去的地方是霞飞路226弄12号。这是余十眉留在那张纸条上的地址。瑞香第一次敲开这扇门是在六年前，唐汉庭遇刺身亡的第二天。瑞香心中只有一个念头，就是完成丈夫最后的嘱托。

余十眉并没有离开上海。他又恢复了教书先生那身打扮，由衷地对瑞香说，党国一定会铭记四太太的功勋。

"只有打赢了日本，才会有你的党国。"瑞香神情淡然地说，"请帮忙电告重庆的卢先生，我希望由民生公司来代管联合船运在长江里的所有船只。"

余十眉惊得半天才说："四太太，您可要三思呀。"

"我已经决定了。"

"现在是战时，许多局面不是一家公司可以掌控得了的。"余十眉想了想，说，"四太太如果愿意，我可以提请政府的交通部门代为管理联合船运在长江沿线的业务。"

"政府还是去忙政府的事吧。"瑞香说，"我今晚来，是接受陈先生的提议，我决定离开上海。"

21

瑞香的行程与路线由余十眉一手制定。她将从陆路绕道镇江后坐船，经长江航道溯流而上直到重庆。沿途的每一站，陈先生都亲自安排了中统的外勤秘密护送。可是，当船停靠在安庆大码头时，瑞香与她的随从们都先后失踪了。

陈先生在汉口的临时办公室里接到报告后，摇头叹息："她不光是信不过我们的交通部，她连我都信不过。"

事实上，瑞香根本就没有去重庆的打算，她去的地方是大别山的密林深处。在围着篝火吃烤肉的时候，瑞香对乔三说："这里是你的地盘，我的命就攥在了你的手心里。"

乔三笑了，说："四太太，我们已经不是大别山里的土匪了，我们是省保的民防队。"

瑞香却说："安庆一旦沦陷，我们就是这大山旦面的一支土匪。”

乔三割下一块烤熟的肉递到她手里，仍然笑着，说：“那四太太就是我们大当家的。”

“这荒山野岭的，还哪来的什么四太太？”瑞香慢慢撕下一丝烤肉，嚼了很久后，又说，“我姓金，你叫乔三，我就叫金四。”

第二天一早，瑞香出现在众人面前时已剪掉了一头秀发。她戴了顶开司米的贝雷帽，背着双手在一个点满火把的溶洞里下达命令。她要在安庆城里设立联络站，收买与网罗政府各部门的留守人员，并且在每个乡镇都安插上她的眼线，还要尽可能搭线过往的军队，向他们购买武器与炸药。最后，她对乔三说：“替我下拜帖，我要以金四的名义拜会这里的每个山头。”

随着徐州会战的结束，日军开始实施对汉口的作战计划。华中派遣军第六师团的坂本支队会同海军第三舰队，分别从芜湖与庐州进发，由水陆两路，在五十多架飞机的掩护下展开攻势。早在战斗打响前，瑞香就接到从上海发来的电报，带着两名随从先行离开大别山。可等她赶到娄埠镇时，安庆城几近失守。负责江防的国军第134师在滂沱大雨中激战了两个多小时，开始纷纷撤退。娄埠镇狭窄的街道上到处是狼狈不堪的国军官兵。

瑞香打着一把雨伞站在玉楼春的后院里，一见金先生就说：“现在走还来得及，我是专程来接你们离开的。”

“我们哪儿都不去。”不等金先生开口，宝姨淡定地说，“这里是我们的家。”

瑞香说："跟我进山，那里一样是你们的家。"

"你让我带着一群婊子去强盗的窝里？"宝姨发出一声短促的冷笑后，再也没有往下说。

瑞香这时看到金先生拉过宝姨的一只手，轻轻地攥在手心里，就在心底发出一声叹息，说："你不是每天都看报纸吗？你应该知道日本人在攻占南京后都干了些什么？"

可是，金先生的眼睛并没有看着瑞香。他把脸凑到宝姨的耳边说："你说不走，我就陪着你。"

瑞香离开时，忽然有种诀别般的哀伤。她在雨中凝望着这对并肩站在屋檐下的男女，最后说："这样去死是不值得的。"

金先生的脸上露出了少有的笑容，一直到目送瑞香背影消失，才在宝姨的耳边又说："你应该跟她走的。"

"是你跟她走。"宝姨看着他的眼睛，说，"你把心留在这里就足够了。"

金先生没有再说话，回屋吸足了两泡大烟后，从床底拉出一个木箱，里面都是他当年唱戏时的行头。

整个下午，金先生在镜子前勾脸、勒头、吊眉，然后穿箭衣、系大带、绑靠旗，最后戴上盔头，提着一杆素缨枪推开门，发现宝姨一直静静地站在廊下。

金先生看着她，说："姑娘们都遣散了？"

宝姨点了点头。

金先生伸出手，在她脸上摩挲了好一会儿，说："那我就真的放心了。"

说完，他扭头闯进雨里。

宝姨忽然说："你就这么丢下我了吗？"

"我把心留给了你。"金先生说完，想了想，又说，"这一天，我已经等了三十年。"

金先生从后院的角门离开，径直来到小镇西头的牌楼前，一出《挑滑车》在雨中旁若无人地一直唱到日军的先头部队开进小镇。

金先生在一个亮相后，提气、舞枪，朝着一辆满载士兵的军用卡车就冲了过去。可是，军车并没有停留，而是加足了马力把他撞飞后，从他的身上碾轧过去。

几天后，瑞香从眼线口中听到金先生的死讯时，她正坐在路边的一个茶铺前。眼线说宝姨吞服下大量鸦片后，在玉楼春的大梁上上吊自尽，但日军士兵连尸体都没有放过，为了摘下她腕上佩戴的一只玉镯，他们剁下了整只手。

瑞香直到把碗中的茶水喝得一滴不剩，才起身，嗓音沙哑地说："我们进城。"

乔三犹豫了一下，说："我们要对付的可是日本人的野战部队。"见瑞香没有反应，他上前一步，又说："国军的两个师都没能挡住他们。"

瑞香目视着远方道路的尽头，说："我们不是去打仗，我们是去做我们该做的事。"

乔三还是有点犹豫不决，说："那我派人去联络别的山头，我们必须要有后援。"

"只有我们活着回来，才会有人听你的。"瑞香说着，已经大步流星地朝前走去。她的步子从来没有跨得这么大过。

当晚，安庆城里最先传来爆炸声的是省政府的后院，现在这里是日军第11旅团的指挥部。接着，是内正大街的宪兵队与郭家桥的军火仓库。火光在片刻间照亮了整个安庆城的夜空。日军都明白这是遭到了突袭，却不知道朝哪个方向组织反击，已被黑暗中射来的子弹纷纷击毙。就在驻守城墙的大队日军赶来增援时，瑞香下令撤退。他们绕过安庆城区幽黑曲折的街道，从玉虹门北侧断裂的城墙翻出，走在通往山区的小径上时，太阳早已升到半空。

乔三由衷地叹服，说："原来，大当家的早替这帮畜生准备好了。"

这就是瑞香当初下令收买那些政府留守人员的结果。早在安徽省政府撤往六安的山区不久，那些从军队与黑市上收购来的炸药，就已经通过这些人埋进每个政府部门的地下。瑞香只是在等一个最好的时机。

22

第二年秋天，重庆政府的特派员历尽千辛万苦钻入深山。他不仅带来国防部的嘉奖令，还有最高统帅签发的委任状。可是，瑞香却避而不见，还对意气风发的乔三当头泼下一盆凉水，说这只是一张纸，它可以印成委任状，翻个身也可以印成通缉令。

"这是条出路。"乔三说,"兄弟们等的就是这一天。"

瑞香摊开桌上的地图,手指在大别山的范围画了个虚无的圆圈后,说:"你应该仔细看看这张图,在这里对抗日本人的不光只有国军。"

"我知道。"乔三说,"可他们穷得只怕连军饷都给不了。"

"有时候,只有在弱的那一边才更能证明你的价值。"瑞香说着,慢慢走到窗前,眺望着远山无端地说起了上海。已经整整半个月了,她都没有收到过来自上海的任何消息。瑞香看着乔三,说:"那边一定是出事了。"

乔三说:"我明天就派人去上海。"

瑞香摇了摇头,说:"明天你还是继续应酬那位特派员吧。"

第二天,瑞香跟谁都没有道别,天不亮就带着她的随从们悄然离去。等到乔三发现,带人一直追到傍晚,才在一条河边赶上了瑞香留在那里的一名随从。

乔三一把揪住他的衣领,说:"大当家这是怎么了?"

四太太回上海了。随从镇定自若地说:"四太太请乔大当家的多多保重。"

乔三愣了半天,才发出一声苦笑,说:"她不是要我保重,她是怕我对她下手。"

然而,乔三还是找到了瑞香,就在几天后,在安庆城内的来凤客栈里。

瑞香一拉开房门,脸色就有点变了。

"这城里有你的眼线,也有我的。"乔三不以为然地说着,进屋后，关上门，看着瑞香的眼睛，又说，"我总算在你脸上看到了害怕。"

"我怕的不是死，我怕的是死无葬身之地。"说着，瑞香转身打开她随身的行李，从里面翻找出两本书，一本就是甫仁当初给她的《国防论》，另一本是延安刊印的《解放》周刊。瑞香若无其事地说，"这两本书我看了很久，特别是这篇《抗日游击战争的战略问题》①。"

说完，她把《解放》周刊翻到那一页上，一起交到乔三手里。

乔三点了点头，说："原来，你一直跟他们有接触。"说完，他又说："你有许多事情都瞒着我。"

瑞香说："我瞒着你，是因为我比你更清楚你想要什么。"

"我要你留在我身边。"乔三脱口而出后，自己都有点吃惊，看着瑞香，半天都没有合拢嘴巴。

瑞香平静地一笑，转头避开了他的目光。

夜深后，乔三从床上坐起来，在黑暗中长久地凝望着站在窗前的瑞香说："我早就应该发现，在你眼里，我始终是个土匪……你从没有一天信任过我。"

隔着窗玻璃，瑞香看着一小队夜巡的日军从大街上经过后，喃喃自语般地说："我信任的人都已经不在这个世上了。"

乔三走到她身后，伸手抚摸着她冰凉的脖颈，说："我现在就可以送你去见他们。"

---

① 《抗日游击战争的战略问题》，毛泽东著。发表于1938年5月30日出版的《解放》第四十期。

瑞香没有动，任由乔三的双手一点点地用力，直到快要窒息，它们才陡然垂下。瑞香转身，在他浓重的呼吸中，说："我们都会走到那一步的，但不该是现在。"

乔三离开时，说他是带了一部分兄弟进城的。那些人都经历过金先生的训练，是真正的战士，而且愿意跟随瑞香去任何地方。乔三说："既然是分家，你也带走你的吧。"

看着乔三消失在门外，瑞香打开电灯，在灯光下静静地坐到天亮。她在来凤客栈里又整整等了六天，总算等到了要等的人。

韩初九穿得就像个难民，站在瑞香的面前，好一会儿，才摘下毡帽，叫了声四太太。

原来，早在离沪前瑞香就已约定，一旦上海方面出事，他们就在安庆城内的来凤客栈见面。瑞香记得，她当时说的那句话是：只要你还活着，我就会一直等下去。

瑞香拿过茶壶，往桌上的一个瓷杯里注满茶水后，示意他坐下。

韩初九却站着没有动，说："他回上海了。"

"我知道。"瑞香说，"我看到报纸了。"

韩初九顿了顿，又说："这一回，他是死心塌地了。"

甫仁重回上海滩当天，爱多亚路上的新记办事处就遭到了炸弹袭击。晚上，极司菲尔路76号的特工总部出动两个小队，查抄了上林雅院。经过短暂的交火，他们攻入后院，搜出了枪支与电台，并从筱玉兰的床上抓走韩初九。

第二天一早，老鸨阿九的尸体被人从黄浦江里打捞上来。她衣不遮体地被塞在一个麻袋里，蒙着眼，堵着嘴，浑身捆得像一只粽子。

甫仁闻讯后，显得有点忧虑。他对胡石言说："看来，这盆脏水他们是早为我准备好了。"

胡石言说："四太太是个明智的人，她会看出其中的门道。"

"再明智，她也是个女人。"甫仁说，"更何况韩初九是她在上海的眼珠子。"

"要不……我去趟极司菲尔路，把他捞出来？"

"你以为李士群会卖你这个面子吗？"

"我当然是狐假虎威，可先生的面子，他不敢不给。"

"我不相信一个小小的76号就敢对新记下这么重的手。"甫仁说完，起身离开书房，上楼直接去了卧室。

洋子还在睡觉，不是因为她迷恋这张床，是她怀孕了，而且妊娠反应特别大，动不动就要吐。似乎每次不把吃进胃里的食物吐干净，她子宫里的小生命就难以消停。甫仁因此请了三名法国陪护，二十四小时轮流看护着她。

等到陪护离开后，甫仁和衣靠在妻子身边，拉住她搁在被子外面的一只手，望着天花板上的石膏浮雕，说起了他的家史。从他祖辈把吴兴的丝绸运进上海开始，一直说到他的父亲，三媒六聘把瑞香娶进家门。

甫仁说："你们就是要看我跟她火拼，看我们唐家的人自相残杀。"

"不是我们。"洋子说，"进了唐家的门，我就是唐家的人。"

甫仁一笑，说："那你帮我做件事，让他们放了新记那些人。"

"在上海除了你，我只剩下爸爸了。"洋子仰起脸，看着丈夫，说，"你要我去找他有用吗？"

"76号的后台是影佐祯昭，他也算是你的半个老板。"甫仁见妻子的脸上没有一点反应，就语调更加温柔地说，"不知道你是什么人，我怎么能把你娶进门呢？"

洋子垂下睫毛，说："我从没有做过一件对不起你的事。"

"这还不够。"甫仁说，"你是我的太太，你得帮助我，尤其现在这个时候。"

洋子想了想，说："如果有一天，我需要你的帮助呢？"

"我是唐家的男人。"甫仁说，"我会用生命来维护家里的每一个人。"

两天后，极司菲尔路的特工总部释放了关押的新记成员。当晚，桥本信雄忽然到访，说是探望孕中的女儿，其实在书房里跟甫仁密谈了很久。

桥本信雄带来的是影佐祯昭的建议，希望甫仁可以接受汪精卫政府筹委会的邀请，接替傅筱庵出任上海市长。桥本信雄说："他认为你是最合适的人选，而东京的意图是将来由你来担任东亚联盟的财政总长。"

甫仁微笑着说："那您的意思呢？"

"我是名外交官。"桥本信雄说，"东京的意思，就是我的意思。"

"可我是个商人，在商人的眼睛里只有利益。"甫仁说，"我更关心的是我能得到什么。"

桥本信雄说："你想要什么？"

汪精卫最多只是第二个溥仪。甫仁说："你们要我戴上这顶汉奸的帽子，就得用你们占领地区的交通与运输权来交换，这里面还要包括东三省的。"

"你要得太多了。"桥本信雄说，"军方是不会同意的。"

"生意做大了，它就是政治。"甫仁微笑着说，"我想，东京是可以说服你们军方的，如果您能首先说服东京的话。"

"你不是商人。"桥本信雄盯着甫仁看了好一会儿，摇了摇头，说，"你向洋子求婚那天，我就知道，你是个危险的人。"

甫仁却不以为然地说："想要得到更多，就得先把自己押进去。"

事实上，甫仁重回上海的真正目的是重组濒临瘫痪的联合船运公司。几天后，他召集董事会议，以唐家继承人的身份宣布终止瑞香的董事长职务，并且废止她的一切印签。席间，当场有人起身，说这就等于把联合的船队拱手让给了民生公司。

甫仁冷笑一声，说："这仗已经打了两年，每天都在狂轰滥炸，你以为长江里还剩下多少我们的船？"说着，他指了指会议桌上那叠厚厚的计划书，让秘书分发到每个人手里后，开始缓缓地说这份计划书，他整整做了四年，也调整了四年，从联合船运挂牌那天起，他就在等待这么一个机会，现在这个机会成熟了。说着，他站起身，眼睛盯着桌子上的一只烟灰缸，一字一句地说："诸位都是唐家的老人了，你们可以撤资，也可以扩股，甫仁不会横加干涉，但请诸位也不要动摇我的决心。"

说完，甫仁脸上多了一种怅然若失的表情。他抬眼看了看众人后，转身拉开旁边的一扇边门，头也不回地回了办公室。

早已久候在沙发里的杨静庵闻声赶紧起身，几步迎上前去，握住甫仁的手，难掩兴奋地说："今天是个值得纪念的日子，我已经看到了新联合成为航运帝国的那一天。"

可我把自己给卖了。甫仁笑了笑，抽出手掌，一屁股坐进沙发。

23

新联合航运公司成立的消息占据了各大报纸的头版，日本的宣传机构更是大肆渲染，把它说成是大东亚共荣的合作成果。甫仁却显得格外的低调与谨慎，剪完彩就从后门匆匆离去，钻进汽车让司机载着在路上兜了很久，发现偌大的上海滩竟然一时找不到他想要去的地方。

将近中午时，甫仁决定去唐公馆看望母亲。

等唐汉庭的另外两名遗孀知趣地离开后，大太太看着儿子，竟然回忆起了她难产的时候，整整一天一夜都没有生下来，但她还是坚持要生，哪怕用刀剖开肚子，也要把孩子生下来。大太太仰起脸，老眼昏花地看着儿子，说："早知道你走到今天这一步，我就该让你闷死在我肚子里。"

甫仁叫了声妈后，低下头，说："有些事情，你是不会明白的。"

"我不用明白，只要你还有脸去见你父亲。"说着，大太太抬起手，手指长久地指着小祠堂的方向。

甫仁推开小祠堂的门，就哑然失笑了，说："我应该想到你会在这里等着我。"说完，他一边往里走，一边又说："还是你最了解我。"

瑞香纹丝不动地坐在一张椅子里，说："我应该派两名杀手在这里等你。"

"那会让很多人失望的。"说着，甫仁走到供桌前，目光从林立的唐氏祖先们的牌位慢慢移到唐汉庭的遗像上，就像是在对照片里的父亲说他不光要跟井上家族合作，共同开拓新联合的业务，用不了多久，他还会出任汪伪政府的上海市长，只有戴上了日伪的这顶帽子，新联合的航线才能延伸到日军的所有占领区，甚至，他还在筹备东北三省的陆路运输公司。这是他跟日本方面的交易。甫仁扭头看着瑞香，说，"你应该明白，这在战争中意味着什么。"

瑞香说："这意味着你把唐家几代人的声誉都毁了。"

甫仁摇了摇头，走到她旁边的椅子前，坐下，说："这意味着新联合的船队可以穿行到日军封锁最严密的地方，对于这场战争来说，这很重要。"

"这当然重要，从你把我推上大风堂那个位置开始，你就在布这个局，一步一步，这些年里，你步步为营，费尽了心机。"瑞香看着他，摇了摇头，说，"你太复杂，你已经复杂到了让人无法看清你。"

"你不需要看清楚，但你必须要相信我。"甫仁说，"现在，我只剩下最后一步了。"

瑞香冷笑一声，说："这最后一步就该是井上武登堂入室了。"

"这么大一个计划，我需要大量的资金，更需要日本人的船只、设备，特别是造船技术。"甫仁说，"你要相信，只要它们一进入中国，它们就姓唐了。"

瑞香说："我相信到那时，上海滩已经没有唐家了。"

甫仁笑了，伸手把瑞香的手捏在手心里，说："你要相信战争会结束，我们也会胜利，到那时，一切都会留在我们这片土地上。"

瑞香没有再说话，看着甫仁那双温和的眼睛，轻轻地抽出手掌。当晚，她约见余十眉。在中法大药房的库房里，瑞香断然说："你必须要告诉我，唐甫仁背后还有什么人？"

余十眉想了想，说："现在看来，只有日本人。"

瑞香说："那他就是在自寻绝路。"

余十眉一愣，半天没有说话。

瑞香又说："你们跟军统每天都在租界里除奸，我想知道你对他的计划是什么？"

余十眉摇了摇头，说："没有计划。"说完，他马上又补充说："计划赶不上变化，没有重庆的命令，我们一般不对任何人制订行动计划，军统也一样。"

"那借我几个你们的人。"瑞香说，"这个计划由我来做。"

余十眉又摇了摇头，说："四太太，这是你们的家事，你们新记有的是人才。"

"这不是家事。"瑞香说，"新记里有你们的人，同样也有他的。"

余十眉还是摇头，说："他不是一般的人物，我负不起这个责任。"

"没有人要你负责。"瑞香说，"但我必须要知道，他到底是什么人。"

几天后，甫仁的轿车刚刚驶出霞飞路，就遭到了伏击。枪手由两个方向朝车内射击，子弹穿过车门击中司机，但司机没有片刻迟疑，猛踩油门，轿车冲上人行道，撞在树上。就在枪手追赶上前，准备朝车内进行补射时，紧随在后的保镖们已冲下车。他们用手枪一边还击，一边拉开车门，用身体掩护着已被撞晕的洋子，塞入他们的汽车急驶而去。

几个小时后，余十眉与军统的上海行动站同时收到了来自重庆的电报。内容是表彰与勉励在敌后坚持抗战的同志们，直到最后才顺带问起这起枪击事件。

余十眉在电话里意味深长地对瑞香说："重庆这么快就有了反应，而且这封电报来自委员长的侍从室。"

搁下电话后，瑞香推开阳台的落地长窗，仰脸望着公寓外寒风骤起的天空。

康德公寓位于静安寺的后巷，站在大门口就可以看到百乐门舞厅穿顶上的那根避雷针。瑞香重返上海后就一直住在这座公寓的顶层。这里是新记最隐秘的聚集地，从巷口一直到整幢公寓楼里面，住的都是新记最可靠的成员。以至于甫仁驾车刚冲进来就被截停，但他面无惧色，对口袋里都揣着手枪的保镖们说："带我去见你们的老板。"

瑞香正在独自享用晚餐。等到韩初九退出后，她从餐桌上抬起头来，说："看来，在上海任何事都瞒不过你。"

甫仁在餐桌的一侧坐下，说："我在医院待到现在，洋子差点流产了。"

"她应该庆幸，她还活着。"说完，瑞香低头继续吃她的饭。

"她是我太太，她肚子里怀的是我的骨肉。"甫仁说，"你不该用这种方法来对付我，哪怕这是试探。"

瑞香终于把碗里的饭吃得一粒不剩，放下筷子，说："不要以为重庆的一封电报，我就会信以为真……有些事，我必须亲眼所见。"

"看到的，就一定是真的吗？有些人只怕到死，我们都未必能看得清楚。"甫仁直视着瑞香，忽然语气一转，说，"如果我不幸有这么一天，你一定要帮我把孩子抚养长大。"

瑞香一愣，说："他有母亲，还有祖母。"

"我不想让我的孩子成为一个日本人。"甫仁说完，起身为自己盛了碗饭，就着剩菜，如同在自己家的餐桌前那样，默默地一直到吃完，才斟词酌句地告诉瑞香，他知道日本人一定会过河拆桥，等他把新联合的航线全部纳入唐家业务范畴，可能就是对他下手的时候，但到了那时，新联合航运也将会成为国民政府在敌后最大的情报与物资的传送渠道。这项工程巨大而繁复，稍有差错都会前功尽弃。甫仁从接手家族的产业就开始酝酿并逐步实施。说到这里，他目光闪亮地看着瑞香，接着往下说，"整整七年，我连一个商量的人都没有，不是我找不到可以信赖的人，是这件事太重要了，我在睡梦中都害怕会说漏嘴。"

瑞香沉默了半天，说："那你就不该告诉我。"

"我是怕会壮志未酬。"甫仁说着，把手伸到瑞香的脸颊上，停在那里，又说，"我更怕哪一天会死在你手里。"

瑞香一动不动地坐着，一直等到他收回手掌，说："如果是这样，我一定不会让你死。"说着，她起身拉开门叫进韩初九，吩咐他说："从现在起你跟着唐先生，你要像保护我一样，保证他的安全。"

韩初九惊得睁大眼睛，但还是很快应声说："是。"

甫仁却笑着说："你以为我手下没人了吗？"

"你手下的人当过刺客吗？"瑞香说，"只有刺客才是最好的保镖。"

"我知道，当年你行刺过我父亲。"甫仁看了眼韩初九，起身走到瑞香面前，说，"你这是要在我头顶悬上一把剑……你说我会答应吗？"

"这是为你好，我对你也负有一份责任。"瑞香说着，坐回到自己的座位上，对韩初九说，"你把我那辆防弹汽车也开走，我不想有朝一日，唐先生也像他父亲那样，死在乱枪之下。"

但是，韩初九站着没有动。他在甫仁离开屋子后，看着瑞香，说："你为什么要这么做？"

"他需要有人看着，更需要有人保护。"瑞香说，"别忘了，你是我的眼睛。"

韩初九摇了摇头，说："我不是你的眼睛，我只是你任意摆布的一颗棋子。"

"眼睛也好，棋子也罢，有些事是我们必须要做的。"瑞香说完，再也没有看韩初九，起身开始收拾餐桌，直到他离开，都没有抬起头来。

瑞香就像个笨拙的厨娘，把碗碟搬进厨房后，拧开龙头，在冰凉刺骨的自来水里缓慢而仔细地刷洗着。

汪精卫的伪政府定于1940年的3月30日在南京成立。届时，甫仁将在就职典礼上宣誓，出任上海市长。为此，他特意定做了一袭蓝色的长袍与黑色的马褂，在对镜试穿时，洋子看着镜子里的丈夫，说这身衣服让他看上去老了十多岁。说完，她犹豫了一下，又说："那个职位对你真的这么重要吗？"

甫仁说："这不是你们每个人都希望的吗？"

洋子低头看着自己隆起的肚子，说："爸爸昨天拒绝了常驻南京大使的职务，他说在中国当了这么多年外交官，他唯一明白的就是知进退这三个字。"

甫仁一愣，说："他还说了什么？"

洋子在一张椅子里坐下，说："爸爸说影佐将军已经得到情报，南京的政权一旦成立，重庆就会发布对你们的猎杀令。"

甫仁笑了笑，说："这是意料中的。"

"可你想过我……们的孩子没有？"

"我想过。"

"那你为什么不拒绝呢？"

"这不该是你说的话。"甫仁走到妻子面前，说，"你是名日本军人。"

"我一直以为我是的，可我终究还是个女人。"洋子说着，拉起甫仁的手，一直把它拉到自己的肚子上，按在那里，说，"有时候，对于一个女人来说，孩子与丈夫就是她的全部。"

"那你就好好保胎，让我们的孩子平安地出世。"甫仁说着，蹲下身，把脸贴在洋子的肚子听了好一会儿，抬起头认真地说，"我听到了心跳声。"

洋子用双手捧住丈夫的脸，一时间竟然找不到一句可以说的话，只能静静地凝望着。

为了安全起见，甫仁决定提前三天赶往南京。他在支走韩初九后，悄然离开新联合的办公室，只身开车直奔火车站。

胡石言早就包下火车最前端那节贵宾车厢，带人在月台上等候多时了。在把甫仁送上车后，他说："还是我陪先生去吧。"

"不用。"甫仁说，"我要你多看着点那个姓韩的。"

胡石言一愣，说："先生是不放心四太太？"

"这几天，我一直在想……你把他从76号捞出来，那筱玉兰呢？"甫仁说，"她在上海滩活不见人，死不见尸。"

胡石言点了点头，脸色变得有点凝重。

事实上，韩初九早已登上了列车，此时正混迹于普客车厢的商贩之间。等到列车拉响汽笛缓缓驶离站台后，他从座位上起身，挤出车厢，爬上车顶。

韩初九匍匐着一直爬到甫仁的包厢前，伸出脑袋，用手枪敲了敲车顶篷，对站在车门外警卫的两名保镖说："跳下去。"

两名保镖在手枪的威逼下跳车后，韩初九爬下车顶，掸干净身上的尘土，一手举枪，一手轻轻地拉开门。

正在看报的甫仁抬起头，眼睛就直了。他张着嘴巴，看着黑洞洞的枪口，说："你想要什么？我都会答应你。"

韩初九的脸色白得像一张纸，一步一步走到甫仁面前。就在甫仁开口还想再说什么时，韩初九用枪柄一下将他砸晕。然后，用他系在脖子里的那条领带，很快将他勒死在座位上。

24

大太太做了一个惊人的决定。她要在汪精卫成立伪政府当天给儿子出殡。为此，南京特意派人前来商洽，却遭到断然拒绝。大太太说："他汪兆铭自己都没管住，还要管我什么时候为儿子发丧吗？"

瑞香没有参加甫仁的葬礼。现在，她已成了刺杀继子的幕后主凶，尽管更多的国人都把它说成是大义灭亲的壮举。洋子同样没能参加丈夫的葬礼。她连唐公馆的大门都没跨进，就被唐家的用人阻挡在外。

胡石言一脸难色，只知道一个劲地说："太太，您还是请回吧。"

这一回，洋子一改往日的恭顺。她就像个蛮横的中国女人那样，挺起了胸，更多的是挺起隆起的肚子，一言不发就往里闯。

大太太在一名女佣的搀扶下，不知何时已站在门内。她看着伸出手却不敢触碰洋子身体的胡石言，说："你这个总管是怎么当的？你就不能让人用棍子打出去吗？"

胡石言不知怎么回答好，慌忙退到一边，缩紧了脖子。

"我也是唐家的太太。"洋子看着面无血色的大太太，最终还是低下头，说，"让我最后看一眼我的丈夫，我求您了。"

大太太的眼睛看着别处，无力地说："你要进这个门槛，除非是从我的尸身上跨过去。"

洋子的眼泪一下渗出眼眶，最终朝着唐家的大门内深深地鞠了个躬后，由她的法国陪护搀扶着钻入汽车，驶出唐公馆的大门。

甫仁的葬礼结束后，胡石言通过新记的熟人送来口信，说希望能来晋见四太太。

瑞香只是漠然地说了三个字："知道了。"

夜深后，瑞香在两辆轿车的护送下离开康德公寓，但并不是去跟胡石言见面。瑞香去的地方是法租界的监狱。

韩初九跳下列车后，在潜回租界的途中被抓捕。当他在典狱长的办公室里见到孤身一人的瑞香时，苦涩地一笑，说："你终于还是来看我了。"

瑞香戴着一顶缀有黑色面纱的英式小帽，纹丝不动地站在他面前，很久才说："你为什么要这么做？"

"为了唐家。"韩初九说，"唐家不能出汉奸。"

瑞香没有出声，但隔着面纱依然能感受到他像针一样刺眼的目光。

韩初九垂下头，看着地上的方砖，又说："有些事是我们必须要做的，这话是你说的。"

瑞香从齿缝间挤出两个字："放屁。"

韩初九一下抬起头，吃惊地看着瑞香。这是他生平第一次从这个漂亮的女人嘴里听到粗俗的词。韩初九又发出一声短促的苦笑，说："那你就当我是自己做了一回主吧。"

"你杀了他，为什么还要回来？"

"我回来是想见你最后一面……四太太。"说完，韩初九固执地看着瑞香。更多要说的话就凝聚在他那种倔强而苦涩的眼神里。

离开监狱的路上，典狱长小心翼翼地紧跟其后，嘴里不停地告诉瑞香他打听来的消息。南京已经提出了引渡要求，日本方面也在不断施压。典狱长关切地说，租界这边是坚持不了几天的。

瑞香直到坐进车里，才说："那就麻烦你多照顾他，关几天就照顾几天。"

不到一个月，江苏高等法院第二分院迅速以恐怖袭击与谋杀罪判处韩初九死刑，即刻执行。韩初九是被四颗步枪子弹同时击中胸部倒地身亡的。一名法医快步过来，解下蒙在他眼睛上的黑布，草草做完检查后，在执行书上签下名字，就举起相机一连照了两张。

下班后，法医在经过停在路边的一辆轿车时，把一个信封丢进了半开的车窗里，汽车发动起来，沿着马路朝前驶去，一直开到两边的建筑越来越低矮与破旧，才在郊外的一个小镇内停下。此时，天色已经黑尽。从车里下来的司机正是井上武手下那个苍白而消瘦的年轻人。他一边朝一条漆黑的弄堂里走去，一边掏出一副手套戴上。

年轻人悄无声息地翻墙进入一个院子，贴在一扇透着灯光的窗外听了会儿，就抽出一把短刀，拨开门闩。可是推开门，他的眼睛一下直了。

坐在桌边椅子里的人是胡石言。他的身后还站着瑞香的那两名白俄保镖。年轻人没有来得及转身，就被门外扑进来的两个男人很快制服，用绳子捆结实，堵上嘴，扔在一边。

胡石言这才起身，推开里屋的门。原来，里屋的床上还捆着一个怀孕的女人。她的半个肚子都露在外面，头发像块破布一样沾在脸上。胡石言待看守的保镖离开后，轻轻地关上门，走到床边坐下，伸手拔下堵在筱玉兰嘴里的一块毛巾，说："你看，我不杀你，也有人会来灭你的口……说吧，说出来，早死早超生。"

筱玉兰浑身颤抖，只知道气绝般地在床上哭泣。

原来，早在76号抓获韩初九后，他们就利用已怀有他孩子的筱玉兰作威逼，胁迫他签下了脱离新记的声明，直到他被派在甫仁身边，井上武的手下拿着那张声明与筱玉兰肚子里的孩子再次逼迫他。

天快亮的时候，胡石言站在康德公寓顶层的客厅里，说完这些，他的额头蒙上了一层油亮的汗珠。

瑞香却久久没有出声。她出神地看着信封里那两张行刑后的遗照，眼前浮现的却是韩初九当年刺杀唐汉庭那晚。那时候，他是那么的年轻，脸上盖着油彩，将手中的素缨枪奋力掷向唐汉庭的瞬间，他是那样的英姿勃发。韩初九从没畏惧过死亡，他只是活得忘记了人应该怎样活着。

胡石言飞快地看了眼瑞香，又说："那两个人我都绑来了，请四太太示下。"

瑞香还是没有出声。

第二天早上，一名操着广东口音的中年绅士走进汇通银行。他双手呈上一张花旗银行的本票后，又从手提包里掏出一把转轮手枪，对着脸色骤变的杨静庵说："在下愿意用这张支票向杨先生换一个地址。"

杨静庵故作镇静地说："那你找错人了，我不缺钱，也不怕死。"

中年男子微笑着，抬手看了眼腕表，说："在下的几个朋友这会儿恰好在府上拜访杨太太，再过五分钟，他们就该出来了。"

说着，他姿态优雅地朝桌上的电话指了指。

杨静庵一把抓过电话，拨通家里后，听到的是一个陌生男人的声音。

一个小时后，虹口公园旁边一幢普通的中式宅院前忽然来了两辆警车。下车的人都穿着日本警察的黑色制服。他们敲开大门，不由分说就把匕首捅进了保镖的胸膛，然后将警车直接开进院子，再关起大门，掏出手枪控制住每一个房间，用匕首割断了所有人的喉咙。

最后，这群穿着日警制服的男人把井上武按在他那张宽大的办公桌上，其中一个有点谢顶的男人掏出一条皱巴巴的领带，从后面勒住他的脖子，直到他窒息而亡。

由于日本军方对消息的绝对封锁，很快使这桩灭门案件成为上海滩最离奇的传闻之一。人们在街头巷尾留下了无数种猜测，但只有在影佐祯昭保险柜里封存着唯一的线索，就是勒死井上武的那条领带。在法国巡捕房的证据室里，同样封存着这样一条一模一样的领带。韩初九在用它勒死甫仁时不会想到，这是妻子为丈夫精心挑选的结婚周年礼物。洋子当时说："我要用它拴住你的人，还要拴住你的心。"

甫仁"五七"的那晚，大太太在唐公馆的祠堂为儿子做了一场法事。按照民间流传的说法，那一晚将是逝者在天空中最后一次回望人间，可瑞香还是没有到场。她只是在夜深人静后，由胡石言陪着从唐公馆的后门进入，绕过回廊，穿过花园，一个人走进了那间嵌满五彩玻璃的花房。

瑞香默默地坐在那里，在花草与泥土的气息间，久久地仰望着那些由各色玻璃镶嵌而成的屋顶。瑞香发现所有在阳光下绚烂的色彩到了夜里都是一样的漆黑。

25

甫良重返上海，已是1941年的秋天。公共租界里正时疫流行，每天都有贫民死于霍乱与伤寒。

头发斑白的胡石言在戒备森严的外苏州河桥上等了很久，才见到一辆挂着日本军旗的轿车笔直驶来，停在哨卡前。就在车门被拉开的瞬间，警戒线外的记者们开始骚动，举着的相机发出一片快门按动之声。

甫良脸上蒙着一只黑色的眼罩，一条左腿已经失去，裤管被高高地扎在腰间。他从一名日本军官手中接过两根拐杖，挂在腋下，姿势古怪地走到胡石言面前，扭头，用那只独眼扫视着桥上的那群记者。说，记得明天多买几份报纸。

胡石言没有应声。他只是恭敬地接过拐杖，看着保镖把甫良搀扶进车里，才如释重负般吐出一口气。

第二天，唐家三少爷作为战俘被日本军方无条件释放的消息登满了各大报纸的头条，特别是汪精卫伪政府的《中央日报》。除了大幅的照片，下面还配发了关于共建大东亚共荣圈的社论。甫良坐在餐厅里仔细看完这些报纸，起身去了母亲的房间，坐在床前，陪着她一直坐到将近晌午。

向来体弱的唐家二太太在昨天见到儿子的那一刻，心都碎了。她瘫坐在地毯上，抓着儿子那只空荡荡的裤管，流了半天泪都没有说出一句话。

说话的是唐家大太太。她起身亲手扶起二太太，在她耳边说："你应该高兴，你儿子至少活着回来了。"

说完，大太太的眼中也有了泪光。看着甫良那只目光空洞的独眼，她想到的是自己同样遇刺身亡的儿子与丈夫。

甫良拄着拐杖，始终保持着军人的站姿。可是，唐公馆里的每个人都看在眼里，三少爷再也不是那个风度翩翩的青年军官。他的一个眼球与一条左腿永远地留在了江西的高安城外。

锦江会战打到眼看胜利在望时，日军的一发炮弹在他的身边爆炸。两天后，他在战地医院里醒来，军医已经摘除了他左侧的眼球，同时还截掉了大半条左腿。但他毫无知觉。甫良就像是具残缺而肮脏的木乃伊躺在病床上。

当晚，第十九集团军总司令专程从指挥部赶来，在病床前站立良久后，脸色阴沉地走到门外，对随从说："致电重庆陈部长，就说我罗卓英有负所托……没能照顾好唐家的这位三公子。"说完，他加快步伐走到院子里，忽然站住，看着始终陪随在侧的五十七师师长，斟酌着，又说："唐家那边，你我也得有所交代。"

余程万想了想，说："等我们打回上海，我向四太太负荆请罪。"

两天后，中国民航公司的一架双翼运输机由重庆直飞江西，在高安城外的简易机场上加满油后，载着甫良与一名护士重新升空，等到再次降落时，已在香港的启德机场。可是，救护车载着甫良去的地方并不是医院，而是临近海边的一幢别墅。

一名身材瘦小的医生检查完甫良的伤势，不等护士包扎结束，就提着出诊箱离开了房间。整整大半个月的时间里，他每周两次会准时前来查看甫良的伤口，但每次都是不等换完药就匆匆离开，直到有一天，甫良开口问他："你为什么从来不说话？"

身材瘦小的医生仍然像个哑巴。他更加快速地收拾完出诊箱后转身离去，但不一会儿又折回来，往甫良的输液瓶里推了一针药水。

甫良醒来，已在一条货船的舱房内，空气中弥漫着一股柴油的味道。他欠身，看着坐在门边的那名壮实的男子，却始终没有出声，只是用他的独眼一眨不眨地盯在那张粗糙的脸上，直到男子扭过头去。

傍晚时分，舱门打开，一名水手端着晚餐进来，后面还跟着一个面容白净的中年男人。等到水手离开，中年男人用温和的语气说："你的姓名？"

甫良看着那张白净的脸，没有回答。

"你的部队番号？"

甫良支撑着在床上坐直后，伸手示意他把桌上托盘里的晚餐递过来。

中年男子顺从地递过托盘，又说："那你的军衔呢？"

甫良咬了一口饭团，细嚼慢咽着。

等了会儿后，中年男人换了个站姿，就像开始背书一样，仍然语气温和地说："你姓唐，名甫良，1906年生人，1927年就读于巴黎大学美术系，1930年肄业，同年进入慕尼黑军事学院，毕业后在德国第八山地师服役……1937年10月，你经香港回国，加入中国国民革命军第八十八师，任524团作战参谋，南京战役后被编入中国国民革命军第七十四军，参加过兰封战役、安德战役，现为七十四军第五十七师中校作战科长。"

"你是什么人？"甫良忽然发问。

中年男人没有回答。他站直身体，目不斜视地说："唐甫良中校，我奉命告知你，你早已经是大日本帝国陆军的战俘。"

甫良脸上有种表情一闪即逝。他又拿起一个饭团，放到嘴边，说："那你们现在要带我去哪里？"

"南京。"中年男人说，"浦口战俘营。"

缪勒大夫是名普通的外科医生，但他制作钢木假肢的手艺闻名沪上。每一件都堪称是欧洲雕塑与德国机械的结晶品。在亲手为甫良戴上定制的假肢后，他彬彬有礼地退出这间摆满人体模型的屋子。

等到那扇悬挂着白纱的玻璃门再次被推开，甫良站在窗边，正看着一名卫生署的雇员在沿街喷洒消毒药水。他头也不回地说："我一直在想，你会在哪里，会以什么样的方式出现。"

瑞香摘下戴在头上的宽檐风帽，在一张椅子里坐下后，说："我以什么样的方式出现不重要，重要的是你必须接管联合航运。"

"这就是他们释放我的条件？"甫良慢慢转过身来，说，"我是不会接手一家日本人参股的公司的。"

"那也是唐家的产业。"瑞香说，"身为唐家子弟，这是你的使命。"

唐家长子甫仁遇刺身亡不久，瑞香就派人前往战区，辗转找到甫良，要求他回家继任新联合航运公司的董事长。在五十七师的作战室里，甫良表情淡漠地说："我是个军人，我不会在这个时候离开军营。"说完，他不等来人开口，接着又说："回去转告你们四太太，忘了唐家还有我这么一个人。"

而此刻，他拖着那条假腿，笨拙地走到瑞香面前，俯下身，双手支撑在那张椅子的扶手上，独眼像鹰一样逼视着这个父亲生前最为宠爱与倚重的女人，一字一句地说："我只想知道，我是怎么落到他们手里的？"

瑞香紧闭嘴唇，有些话是永远不会从她嘴巴里说出来的。

空运甫良前往香港治疗完全是重庆方面的安排，直到那架飞机在高安城外降落，余十眉才赶来拜访瑞香。这位曾经的上海市党部书记长，语调谦恭地说："陈先生的意思是问四太太，对香港的医院有什么要求。"

"陈先生真是太操劳了。"瑞香说，"国事他要忧心，别人的家事他还要费心。"

"战事反复，这完全是出于安全方面的考虑。"余十眉说，"请四太太体谅陈先生的这片苦心。"

等到余十眉离开，瑞香马上吩咐手下给新记在香港的分社发报，让他们安排得力人手在暗中保护，但她还是放心不下，亲自打电话到唐公馆，召来胡石言，开门见山地说："你尽快去趟香港，用我们的船把甫良带回上海。"

胡石言应声后，小心翼翼地问："您是……不放心中统？"

瑞香靠进沙发里，没有出声。她用一种深不可测的目光看着唐家的这位大总管，一直看到他躬身离去。

余十眉再次闯进瑞香暂居的康德寓所已是深夜。整幢公寓楼里灯火通明，站在客厅里的每个人脸色凝重。一名女佣将他引到阳台上，就见瑞香裹着一条羊毛披肩，站在春寒料峭的夜色里，出神地望着不远处百乐门那个灯光雪亮的穹顶。

"四太太请放心，我们的人正在全力营救。"余十眉略显局促地说，"目前，香港警方已经找到了那打素医院派往机场的医护车。"

"都在荃湾的海滩上……他们还找到了司机与护士的尸体。"说着，瑞香收回目光，伸手示意余十眉在阳台上的一张藤椅里入座。

余十眉仍然站着，说："中统香港站派出两名外勤去机场随护，估计也已经凶多吉少。"

瑞香靠在栏杆上，沉默了很久，忽然说："甫良到港的消息是怎么走漏的？"

余十眉想了想，说："四太太……日本外务省的情报机构在香港活动很猖獗。"

"能猖獗过上海吗？"瑞香发出一声冷笑后，目光变得凌厉，说，"余先生到现在都不肯对我说实话，那我只好明天飞重庆，当面去问陈先生。"

余十眉低头想了想，说："国家存亡之际，个人的荣辱都是微不足道的。"说着，他抬起头看看瑞香，又诚恳地说："四太太，我想您就算到重庆，陈先生的回答也是这句话。"

26

作为唐家长子的遗孀，洋子在早产生下一名男婴后，仍然坚持住在霞飞路的别墅里。那是丈夫送给妻子的新婚礼物，现在却成了未亡人寄托哀思与自我封闭之所。屋里的每件陈设都摆放得一如甫仁生前，好像他的离世只是一次小别，傍晚就会回家那样。为此，洋子依照唐家的族谱，不仅擅自为儿子取名为寿昌，同时还给自己也取了一个中文名字，叫唐慕君。

瑞香的贸然造访，让她一时有点失措。洋子用那双略显棕色的大眼睛警觉地看完瑞香后，又看了眼紧随她身后的那两名白俄保镖。

瑞香从保镖手里接过一个锦盒，语气安详地说："寿昌快周岁了吧？你看，我也算是当奶奶的人了。"说着，她把锦盒交给站在一边的女仆后，挽起洋子的一条手臂就往楼上走去，好像她才是这个屋里的主人。一边走，瑞香一边说，"我早该来看看孩子了。"

洋子的女仆是父亲为了照料产后的女儿特意从日本调来的，她家世代都是桥本家族的仆人。两名白俄保镖把她阻挡在楼梯口时，她伸着脖子用日语叫了声："小姐。"

洋子就像没有听见，一直到进入儿子的房间，才止住脚步，望着在摇篮里熟睡的婴儿，用纯正的汉语说："你们唐家从来不承认我跟甫仁的婚事，也没有承认过这个孩子。"

"你说话的语气也越来越像甫仁了。"瑞香拉过洋子的那只手，由衷地说，"我用了很多年才明白，一个男人对他的女人的真正影响，其实是在他身后。"

这时，孩子惊醒了，开始放声啼哭。洋子忙把他抱进怀里，一边颠拍着，一边说："四太太，这里就我们三个人，有话您就请直说吧。"

瑞香点了点头，说："我要你去趟南京，替我带个口信给你老板。"

洋子一下停住手，在婴儿响亮的哭声中说："我已经不是以前的桥本洋子了，现在我只是一个失去丈夫的女人，一个孩子的母亲。"

瑞香没有说话，从她怀里接过孩子，低头一直逗到他停止啼哭，发出咯咯的笑声后，仍然逗着他，对着他就像在自言自语："等我们小寿昌长大了就会慢慢知道，你还有过一个三叔，他的名字叫甫光，那是我跟你爷爷的第一个孩子……如果他还活着，今年也该二十出头了。"说着，她抬起头，看着洋子，微笑着，又说："大太太见到这孩子一定会很高兴，这可是她的亲孙子，她唯一的骨肉。"

洋子原本苍白的脸色变得更白，白得连嘴唇都没有一点血色。她一把从瑞香怀里抱过孩子。

几天后，上海的雨季来临，洋子带回了影佐祯昭的可复。作为汪精卫伪政府的最高军事顾问，他同意跟瑞香在一个私人场合会晤，但地点必须是在南京。因为，自军统发起无差别格杀日军人员的行动以来，中日在上海租界里的情报战已经演变成一场报复性的杀戮，随时都会有双方的要员在各种场合被杀。

"我是不会去南京的。"曾因下令刺杀井上武，瑞香的名字至今还在日本宪兵部的通缉令上。她想了想，说："但我可以在上海的任何地方跟他见面。"

最终，瑞香与影佐祯昭的会面被安排在日军控制的虹口，就在洋子父亲的家里。桥本信雄以日本驻沪副总领事的外交名誉作出保证，他会负责瑞香的安全，并且亲自挑选了领事馆的警卫来代替警备司令部派来的卫队。可是，瑞香却在动身前改变主意。她在书房里对胡石言说："还是你辛苦一趟，作为我的全权代表，你去跟他们谈。"

胡石言愣了半天，说："我只是个下人，日本人是不会买我账的。"

"买不买账是他们的事。"瑞香说，"我只要甫良平安地回来。"

胡石言想了想，又说："他们费了那么大的劲，只怕会狮子大开口。"

"那就告诉他们，新记在上海有上万的子弟，戴笠能做的事，我也会去做。"瑞香面色凛然地说，"我会让虹口天翻地覆，我还会让它血流成河。"

胡石言吃惊地看着这个上海滩最有势力的女人，不敢再出声，躬身退出书房。瑞香却一下像是泄了气，埋坐在书桌后面宽大的皮椅里，就像是只蜷缩在阴影里的猫，睁着滚圆的眼睛，一动不动地听着窗外如注的雨声。

甫良决定带着母亲离开上海，去与由欧洲迁居纽约的姐姐甫华团聚。临行前夜，二太太长久地站立在小祠堂里，凝望着丈夫的遗像。唐汉庭遇刺身亡后的这些年里，她每天想得最多的就是与自己的这对儿女相聚，跟他们生活在一起。二太太用手绢擦拭着眼角，对甫良说："我们什么都不要，我们不跟他们争，我们无牵无挂地去美国。"

这时，用人进来，在甫良耳边说客厅里有位先生求见。

来人的年纪与甫良相仿，名片上印的头衔是长城公司总经理。等到用人离开，他从皮包里出取出一封信，笑而不语地用双手递上。

信是用正楷写在国民政府军事委员会用笺上，措辞恭敬而热情，通篇洋溢着对甫良作为军人与爱国者的赞誉。看了眼落款，甫良抬头，再次直视着那张仍在微笑的脸。

一直到跟随甫良进入书房，来人才收敛起笑容，说他的真名叫黄澍新，受军统戴老板委托，专程从香港过来拜访甫良。见甫良的独眼仍在审视自己，黄澍新又笑了，在一张太师椅里坐下后，就像在讲述一个故事那样，从甫仁与日本财团井上家族合作，重组新联合航运公司开始，一直讲到他遇刺身亡。黄澍新的表情变得凝重，仰着脸，说："令兄志向高远，凭一己之力，建立起一条贯穿全国各大战区的航运渠道……运输线在战争中就是生命线，尤其仗打到现在这种时候。"说到这里，他又等了会儿，见甫良的脸上仍无表情，就郑重地说："戴老板希望唐先生能留在上海，为国、为家接掌新联合公司。"

甫良这才冷笑着，说："这算什么？命令吗？"

黄澍新想了想，说："地无分南北，年无分老幼，皆有守土抗战之责任，皆应抱定牺牲一切之决心①。"

"可惜，我是个残废，我已经不是军人，我不需要听命于军事委员会，更不需要听命于你们的戴老板。"说着，他拿起茶几上的信交还给黄澍新，随手看了眼腕表，说，"我的战争已经结束。"

黄澍新弯腰从皮包取出一个小皮盒打开，里面是一枚国光勋章，连同一张委员长亲笔签署的委任状，一起放在茶几上，说："戴先生是担心您这一走……只怕一生都会背负着逃兵的名声。"

甫良不动声色地起身走到书房门口，拉开门，看着黄澍新，说："这么说来，我在战俘营里那半年是拜你们军统所赐？"

党国体系庞大，派别众多，有能力做这件事的不光只有军统。黄澍新说着，起身到他面前，伸出手，轻轻地推上门后，意味深长地

---

① 蒋介石《庐山谈话》语。

说："没有一场战争是单方面可以结束得了的……我们都是带过兵、打过仗的人，虽然脱下了军装，可我们还是党国的军人。"

27

新联合航运董事会里空置了一年多的那把椅子终于迎来它的新主人，甫良却在就职的途中遭遇枪击。刺客伪装成在路口设卡临检的巡捕，拦下汽车后，就有人掏出手枪射击。子弹连续打在汽车的防弹玻璃上，发出一片沉闷的声音。甫良隔着泛起点点白花的车窗玻璃，目不转睛地看着考克式警帽下那张南亚人的脸，直到司机回过神来，猛踩油门。

汽车轰鸣着冲破路障。

甫良步入公司的会议室时，已经面色如常，就像什么事情都没有发生过。

晋见新任董事长的仪式极其简单，如同是一次平常的例会。杨静庵以汇通银行总经理的身份出任公司监事会主席。他把与会人员一一介绍完毕，扶了扶眼镜，说："下面，请董事长致辞。"

甫良并没有按常规发表他的履职演说。他始终以一种军人的坐姿笔直地坐在那张椅子里，独眼微眯地看着坐在长条会议桌尽头的洋子。作为唐家长孙的母亲与监护人，今天也是她代表寿昌担任公司董事的第一天。在长长的董事会成员名单上，她以唐慕君的名字位列最末。这是日本军方释放甫良的条件之一。

会后，杨静庵在电梯口拦住甫良，斟酌着说："董事长，井上家族的代表专程从横滨来上海，他们希望能尽快跟您见面。"

"有这必要吗？"甫良拉开电梯的栅栏门，说，"你不就是他们的代表吗？"

汇通银行代表的是井上家族在公司里的利益，杨静庵顶多算是个跑腿与传话的。杨静庵脸上挂着谦和的微笑，说："不过……鉴于井上家族在公司里占有的股份，董事长还是见一见为好。'

甫良点了点头，说了一个好字就拄着拐杖步入电梯，下到底层的地库，发现那里已经站满了保镖。

"先生受惊了。"这是胡石言第一次改口称甫良为先生。说完，他拉开车门，又说，"四太太派我来接您。"

"你什么时候成了四太太的总管？"

"四太太是担心先生的安危，在没有找出那几个越南人之前，她让我们寸步不离开您。"胡石言说完，躬下身，待甫良坐进车里，轻轻地关上车门。

车队从新联合航运大楼的后门鱼贯而出，在租界的大街上绕行很久，才在一个十字路口分散开来，各自钻进小巷。甫良在百和坊的一幢石库门老宅前下车，由胡石言领着穿过天井。这里是瑞香为自己准备的其中一幢安全屋，以防不备之需。可是，她并没等在那间装饰古朴的厅堂里，而是早在闻讯后就去了唐公馆，拉着唐家的另外两位太太在大太太房里一起打麻将，从晌午一直打到日落。

这是唐汉庭的四位遗孀第一次坐在四方桌前鏖战，显得极不寻常，却又格外的和风细雨。

二太太开始忐忑起来，趁着换庄的工夫，她让用人去给甫良挂了个电话，问他回不回来吃晚饭。等到用人进来回禀，说三少爷今晚要在华懋饭店宴请公司的股东时，大太太马上沉下脸来说："怎么还三少爷？跟你们说过几次了？往后得叫先生了。"

四圈麻将结束后，瑞香仍没有走的意思。她笑呵呵地拿过毛巾，一边擦着手，一边扭头问用人："今天厨房里做了什么？"

二太太在饭桌上最终没能忍住。她用一种乞求的眼神看着瑞香说："甫良不像老爷，也没大少爷的本事，他根本不是块当家的料。"说完，她见瑞香只顾喝着碗里的汤，慌忙又说："等再过几年，等甫成再长大点，从美国学成回来，这个家还是由甫成来当。"

"当家不是吃饭，夹到谁的碗里就是谁的菜。"大太太这时忽然开口。

餐厅里一下静得只剩下瑞香喝汤的声音。

二太太起身离桌后，三太太也跟着离去。等到用人们都知趣地退出，瑞香笑着说："母凭子贵，二太太迟早会是这屋子里发话的人。"

大太太也跟着一笑，说："风水轮流转，她要发话那就让她发吧。"

"那寿昌呢？"瑞香说，"他是唐家的长子长孙，而且现在唐家半数的家产都是他父亲用命换来的。"

"生死由命，富贵在天。"大太太的脸上笑容还在，可眼神已在不经意中起了变化。

瑞香拿过茶壶，往大太太的茶盏里斟满水，说："我听说大太太年轻的时候，也是跟着老爷闯过三关六码头的，见识过很多草莽人物……"

大太太叹了口气，冷冷地说："是啊，我要是跟着老爷在那条路上走到底，今天只怕就轮不到你在这里说话了。"

瑞香并没有在意，仍然不急不缓地往下说："我记得，老爷跟我说过，唐家最早是跑单帮贩卖丝绸起的家，加入洪门，后又转投青帮，在上海滩开创了大风堂，到了我这里，大风堂改帜成了新记，我这是顺势而为……但要是没有甫仁在暗中的支持，再怎么顺势，我也干不成这件大事。"

大太太点头，说："你这倒说了一句大实话。"

"那你也给我说句实话。"瑞香沉下脸来，说，"那四个越南人藏在哪里？"

大太太笑了，拿过茶盏抿了一口后，说："你来这里憋了老半天，为的就是这个？"

"我憋在这里你就没法再给他们下指令了。"瑞香说，"收手吧，现在还来得及，我就当什么事都没有发生过。"

大太太一指墙角的落地钟，说："你看这台钟，只要给它上足发条，它就会一直地走下去……除非你砸了它。"

"甫良姓唐，他是汉庭的儿子。"瑞香说，"你这么做，将来怎么去向汉庭交代。"

"寿昌也姓唐。"大太太平静地说，"到了下面，我不光要向老爷交代，我还要向我儿子有所交代。"

"不光这些吧？谁也不愿意几十年坐惯的位置一夜间被人取代。"瑞香说完，仰起脖子，把整盏的茶水都喝进嘴里后，轻轻地放下茶盏，又说，"更何况，唐家的男丁现在除了甫良外都没有成年，而我的名字还在日本宪兵队的通缉令上……甫良一死，你就会成为新联合的董事长……先替寿昌把位置占着不是很好吗？"

大太太发出一声冷笑，说："四太太想得真周全。"

"是你想得不够周全。"瑞香说，"你就没想过你做得了初一，我就不能做十五吗？"

大太太一愣，说："我不相信你连一个孩子也不放过。"

"这跟什么人没关系。"瑞香说，"是路逼到了我脚下。"

"那我们还是这句话，生死由命，富贵在天。"大太太说着，迎着瑞香的目光，说，"我们都听天由命吧。"

瑞香点了点头，起身朝餐厅外走去，经过那台自鸣钟时，她站住了，说："我用不着砸了它，我只要掰断那只上发条的手就够了。"说完，她走到门口，回过身来，又说："大太太，别为了一点小小的私利，去做死了都会后悔的事。"

大太太在瑞香离开很久后，才重新坐回到餐桌前的那张椅子里，就像瑞香还坐在她身边那样，对着虚无的空气，说："我最后悔的是当初让你进了唐家这扇门。"

当晚，胡石言神色紧张地闯进百和坊老宅的厅堂，见到端坐在供桌前的瑞香，才一下恢复了平时稳重的步伐，看了眼坐在侧座的甫良后，他走到瑞香面前，说："四太太，公馆那边来电话说……大太太在自己房里吞了鸦片。"瑞香没有出声，只是眼睛一眨不眨地看着他。胡石言低下头，又说："大太太她……上路了。"

"你派人去通知各个报馆。"瑞香说，"我要这个消息今天一早就见报。"

甫良睁大眼睛看着瑞香，直到胡石言应声离去，才说："这就是你在等的结果。"

"这绝不是我要的结果。"瑞香垂下眼帘，说，"我想，明天看到报纸，那四个越南人就会离开上海。"说完，她站起身，又说，"走吧，我们去唐公馆。"

孤岛沦陷那天，黄浦江上的炮声从拂晓一直响到中午。大队的日军士兵穿过苏州河进入租界。康德公寓所在的整个街区很快被围得水泄不通，全副武装的日本海军陆战队员们严阵以待。他们不仅切断了电话线，还调来两辆装甲车，堵住巷子两头的出口。可是，巷子里静悄悄的，连个进出的人影都没有。

整幢康德公寓早已人去楼空，就像从来没人入住过。带队的日军少佐的军靴踏在一尘不染的客厅地板上，环顾四周，好久才从牙齿的缝隙吐出两个字："八格。"

三天后，租界的秩序开始恢复。停业的商铺纷纷重新开张，到处是排队抢购与挤在银行里提现的平民，而更惹人注目的是那些换上和服的日军官兵。他们用堆满脸颊的笑容粉饰着刺刀下的太平。

事实上，瑞香是在洋子的陪同下离开上海的。她们在乘坐桥本信雄的专车通行无阻地穿越市区的一路上，谁也没有说话。瑞香穿着呢制的毛领大衣，头戴貂皮帽，就像个目光忧郁的俊秀绅士，眼睛始终注视着车窗外那些迎风飘扬的膏药旗。一直到车在吴淞口的一个渔村前停稳，司机知趣地离开后，她的双手仍然挂在那根银柄镂花的斯的克上一言不发。

等了会儿，洋子开口，说："四太太，我把您送到了。"

日落的余晖隔着车窗无力地照在瑞香脸上。她点了点头，说："替我谢谢你父亲，他是位有远见的外交官。"

"他希望您能记住今天。"洋子说，"他是可以通知宪兵队拦截这部车的。"

"他不会。"瑞香面带微笑地看着她，说，"他比我更清楚，从你们在珍珠港扔下第一颗炸弹起，你们就已经输掉了这场战争。"

"战争的输赢跟我没有关系。"洋子用她那双混血的棕色眼睛直视着瑞香，说，"请您相信我，我要的只是母子平安。"

"那你应该带着寿昌回到日本去。"

"如果他父亲不是姓唐，我会的。"

瑞香低下头去，抚弄着手中的这柄斯的克。这是甫仁的第一位妻子送给唐汉庭的礼物。当年，他们新婚不久，刚从法国归来。好一会儿，瑞香才随意地说："你知道，在你之前，甫仁有过一个妻子，叫艾丽丝，这是她从法国带来的礼物。"说着，她把斯的克放进洋子手里，又说："也算是物尽其用吧，你替我交给甫良。"

说完，她推门下车，在一大群保镖的簇拥下，头也不回地走向渔村。

整个夜晚，瑞香都在海上召见新记在各个行业里的管事。他们中的有些人要马上撤离，她更多的是安抚他们，让他们留下来。"地盘没了，我们怎么立足？"这是她对每个人都要重复的一句话，"不管你们头顶上飘着什么样的旗，上海还是阿拉上海人的上海。"

胡石言是最后一个被召见的人。一进船舱，他就禀报说："这几天，余十眉每天都派人过来，意思只有一个，就是希望您尽快去重庆。"

"他是怕我成了第二个张啸林。"瑞香不以为然地说着，破天荒地为胡石言斟了杯茶水，示意他在桌前一张板凳上坐下后，直截了当地说，"我走后，新记就由你来打理。"

胡石言捧着茶杯，说："四太太请放心。"

"放心是句假话。"瑞香一笑，说，"叫你留下来，就等于让你把脑袋提在手里。"

胡石言也笑了，抬起头，说："石言六岁就进了唐家的门，先是陪着先生读书，后来又陪着他闹革命，陪着他在上海滩争地盘……先生走了，我就跟着大少爷，跟着四太太……我都快五十六岁的人了，哪天真要是走到这一步，我就提着这颗脑袋到下面去见先生。"

忧伤的气氛在摇曳的烛光里弥漫开来。瑞香张了张嘴，原本想要说的许多话一时都变得无从说起。她用力地一摆手，就像要驱散眼前那些看不见的烟雾，说："让他们把茶撤了吧，我们喝杯酒。"

交代完所有的事项后，瑞香低头看着桌上的酒盅，说："如果有一天，我要你把新记交给甫良，你怎么看？"

"不会有这一天的，日本人迟早会输，上海迟早会回到我们手里。"胡石言不假思索地说，"您很快就会回来了。"

"如果我没那么快回来，而甫良又急于要染指新记呢？"

"我会电告四太太。"说完，胡石言忍不住又说，"四太太，您不用担心。"

"我不是担心，我是看不透。"瑞香抬起头，说，"你在唐家五十年了，你看透过唐家的人没有？"

28

隐姓埋名回到娄埠镇的第一个晚上，瑞香失眠了。躺在冰凉的被子里，她睁大眼睛望着漆黑的屋顶，眼前反复出现的是那对年迈的人贩子。他们一人牵着她的一只手，穿过小镇狭窄的街巷，把她领进平川书院。那一年，瑞香十二岁。

如今，这座当年用以训练雏妓，后来又成了妓院的宅子经过重新修缮，早已看不到丝毫的风尘气息。第二天，瑞香让用人把后院的一间厢房布置成她的琴房兼画室，并亲手擦干净一张琴桌。每个失眠的夜晚，她就把自己关在这间屋子里，焚香抚琴。而更多的是白天，她在窗边的画桌前泼墨作画，好像院墙外的世界已经与她无关，但还是忍不住要回想起那些曾经的岁月。可以说，瑞香的人生就是从这个宅院开启的。她在这里断文识字，学习吹拉弹唱，学习在举手投足间让男人神魂颠倒。在这里，瑞香第一次嫁人，成为金先生的新娘。这个就像是她父亲一样的男人虽然已经不在人世，可每到夜深人静时，瑞香总觉得他会忽然推门进来。

春天来临后的一个傍晚，乔三贸然来访。他把自己打扮得就像从安庆城里下来收租的房东，一见瑞香就笑呵呵地说："前年有人来修这幢宅子时我就知道，你一定会回来。"

瑞香脸色平淡地说："我也知道，镇上有你的眼线。"

"早就想来看你了，可我身不由己。"乔三告诉瑞香，整整三个多月，日军都实行封山"大扫荡"的冬季战略，他日夜都在山里跟他们周旋。说着，他摘下礼帽，指着头皮上的一道伤疤，"就差这么一点，你就见不着我了。"

乔三曾经是十九路军的一名逃兵，后来又成了大别山里无根的土匪，是瑞香装备与整编了他的兄弟们，让他的队伍成为安庆地区最有实力的武装。现在，乔三刚刚被任命为忠义救国军大别山南麓地区的游击司令。他的画像贴满了安庆城内的大街小巷，悬赏额已追加到了一百根金条。

这天夜里，两人在书房里秉烛长谈，从瑞香离开大别山重回上海那年，一直说到眼下。瑞香轻轻地发出一声叹息，说："我再不是上海滩的四太太了，我回娄埠镇只有一个目的，就是避难。"

"那就跟我回山里。"乔三说，"你还是兄弟们的大当家。"

"乔司令，今时不比往日，你现在是国军的司令了。"瑞香笑着说，"你不该说这种话，更不应该离开你的队伍。"

"你还在怪我当初没有听你的。"乔三端详着瑞香，语气变得更加诚恳，说，"要不是发生了皖南事变，我一定会照你说的去做，说不定现在已经是新四军的司令了……可当时，我得为兄弟们着想。"

"没什么怪不怪的。"瑞香一摆手，说，"自己的路都得由自己的脚走出来。"

乔三咧嘴笑了，眯起眼睛，说，"那我今晚不走了，歇歇脚。"

瑞香仍然保持着微笑，说，"你不忘掉那些过去，将来怎么走出那座大别山呢？"

"不是忘不掉。"乔三像个孩子一样觍着脸，说，"是老是想起来。"

"我们都不是年轻人了，你是要让我的后半辈子都在耻笑自己中度过吗？"瑞香就像在谈论一件别人的事情那样，说着，慢慢地站起身，笑容不变地看着乔三。

乔三走到书房的门口时，从衣服的内袋里掏出一个信封，说他不光在镇上有眼线，在安庆城内也有。如果有一天，瑞香需要用到这些人，就把这个信封打开。乔三说："不管到了什么时候，你都是他们的大当家。"

瑞香并没有伸手去接那个信封，而是摇了摇头，平静地看着他，一直到他健硕的身影消失在黑暗中。瑞香轻轻地掩上门，插上门闩，拿过烛台走到琴桌边坐下，点上一支檀香后，一口吹灭蜡烛，就在那点几乎可以忽略的光亮中开始拨动琴弦。

她在黑暗中反反复复弹奏的都是那首古曲《广陵散》。

当年，离开大别山区重返上海时，乔三一路追踪到安庆城内。他们在来凤客栈的房间里度过了突如其来的一晚，就像是场狂风暴雨。

那一晚，瑞香一直以为命悬一线，自己转眼就会死在这个孔武有力的男人手里。

娄埠镇外的小教堂建在河边的一座磨坊前。这是瑞香唯一会离开宅院不定期前往的地方。通常都在夜幕降临，小教堂里只剩下一盏圣灯亮着的时候。瑞香就像个虔诚的信徒一样跪在圣像前，不是因为开始信奉上帝，而是她深信，内心深处的那些声音总有一只耳朵能听到。尽管在跪着的时候，她从来都是紧闭嘴唇、紧咬牙关。

　　像是早已达成了某种默契，安神父也从来没有说过半句多余的话。瑞香每次跪在圣像前时，只要他有空都会默默地站到诵经台后面，轻轻地吟诵经文，直到瑞香起身离去，他才合上《圣经》，目送着她的背影消失在门外。

　　安神父自小教堂建成之日起就在这里任职。几十年过去，每天早晚两次祈祷前他仍会爬上屋顶，敲响那口挂着的大钟。悠扬的钟声里，小镇显得格外的宁静与安详。可是，日军派兵驻扎后，不仅禁止了他敲钟，第二年还用一辆卡车把钟运走，但安神父一如既往。除了每天跪在圣像前祷告，他更多的时间是在河边的芦棚里给孩子们上课。

　　这些孩子从天南地北流浪而来。他们衣衫褴褛，有大有小，有男有女。每一场战事结束，芦棚里的孩子就会多上一些。这里是他们的课堂，更是他们的家园。

　　有一天晚上，在瑞香起身准备离去时，安神父忽然在她身后叫了声："四太太。"

　　瑞香慢慢地回过身，说："神父，您是在叫我吗？"

　　"四太太。"安神父稳步走下诵经台，走到瑞香面前，微笑着说，"多年前，我有幸在安庆的大码头上目睹过四太太的风采。"

　　瑞香记得当年的盛况，那次出行是件轰动全国的新闻。她面色如常地摇了摇头，说："您认错人了，我姓金，我不是什么四太太。"

安神父点了点头，陪着她朝教堂外走去，一直走到门外的台阶上才站住，望着芦棚前那几堆篝火，说："上帝也有无能为力的时候，现在我最担心的是雨季……雨季来了，瘟疫也会跟着来到。"

瑞香没有说话。当晚，她把管家叫到跟前，说："明天你准备一笔钱，让教堂把磨坊跟后面的地买下来。"

"这里是小地方，太过招摇会引起日本人的注意。"管家是这幢宅院名义上的主人，穿着绸缎的长衫，戴着金丝边的眼镜。想了想后，他鼓足勇气恳请道："按规矩……还是派人过去办事吧。"

瑞香吃惊地看着他，说："你敢对一名神父下手？"

"他认出了您。"管家说，"我们就不能留下后患。"

"我想，第一次去教堂时，他就知道我是谁了。"瑞香说，"我相信他是名真正的神父。"

管家不敢再多言，躬身退出后，瑞香在一张靠榻里躺下。整个晚上，她都被自己的噩梦萦绕着，一会儿是甫仁，一会儿是大太太，一会儿是韩初九……那些死人的脸一张张地出现、重叠……瑞香睁大眼睛，想把这些脸辨认清楚，看到的却是自己的母亲。她一手拉着儿子，一手拉着女儿，他们一路乞讨，满世界地寻找她的丈夫。为了这个男人，他们曾走遍了大半个中国。

瑞香猛然从靠榻里坐起，睁大眼睛却怎么也记不清母亲的面容。这个为了四块大洋把女儿卖掉的女人，在瑞香的记忆中早已像被橡皮擦去，只残留一些没有颜色的痕迹。

几个月后，一座青砖白墙的院落在小教堂边上即将落成时，修行一生的安神父难掩兴奋之情。他换上一条干净的教袍登门拜访，非要瑞香为学校取一个名字。

瑞香全然不顾管家忧虑的眼神，提笔在一张宣纸上写下四个斗大的隶书：甫仁学堂。

29

瑞香被捕那晚，天上雷雨交加。由安庆城内派出的一队日本宪兵刚接近院门，就遭到保镖们的阻击。一时间，枪声像雨点般密集。瑞香在管家的陪护下，由后院的角门仓皇逃离。一行人刚钻出巷子，就被循声而来的保安队迎头堵住。

瑞香制止了举枪相向的保镖。等到保安队将他们全都缴械后，她扭头对管家说："你让我们的人都停火吧。"

保安队长骆炳全是个黑瘦的年轻人，整个人罩在一件宽大的军用雨衣里。他示意两名士兵把管家押走后，命令勤务兵脱下雨衣，亲手披在瑞香身上。

带队前来抓捕瑞香的是名宪兵中尉。他一把掀掉罩在瑞香头上的雨帽，用手电照着她的脸，跟手中的照片对比了好一会儿，拍着保安队长的肩膀，说了声："哟西。"

骆炳全却毫不客气地说："宪兵队出城办案，都得通知驻地的保安队，以免发生误伤，这是派遣军司令部定下的规矩。"

宪兵中尉能听懂中文，但不太会说。他又看了眼那些挺立在夜雨中的保安队士兵，让翻译转述，说皇军的这次行动属于军事机密，但他本人非常感谢和平军的协助，希望骆队长能派兵护送，等回到城里，他一定会为骆队长上报请功。

保安队就是在护送的火轮上动手的。天快亮的时候，雨停下。骆炳全走到宪兵队长跟前，不等他睁开眼睛，就将一柄军刺扎进他的咽喉。

船舱内的肉搏很快结束。许多日军宪兵都是在睡梦中被了结性命。瑞香始终平静地看着眼前这一切，好像早就知道事情会这样发生。

骆炳全用那柄沾血的军刺一边割断捆在瑞香手腕上的绳索，一边说："大当家的受惊了。"

火轮掉头驶往大别山方向的途中，骆炳全站在船头向瑞香说明，他是乔三安插在安庆城里的内线，设法调防来娄埠镇驻扎，就是为了确保瑞香的安全。

事实上，早在保安队调防时瑞香就有所察觉。骆炳全一来就把他的部队由镇外迁到了镇子上。而且，当院门外的枪声响起，一贯散漫的保安队员能在第一时间整装出现，这让瑞香更加确信无疑。只是，她永远都不会想到，当初在下达这道命令时，乔三曾用一种意味深长的目光注视骆炳全，说："我们还要想到万不得已的时候……大当家的身份特殊，她是死也不能落到鬼子手里的。"

几天后，一小队疲惫的人马冒雨行进在大别山南麓的山坳里，在他们身后追踪不舍的是日伪的一支混编部队。穿过一片山林，骆炳全长长地松出一口气，对躺在滑竿里的瑞香说："好了，我们总算可以歇口气了。"

瑞香昏昏欲睡。盖在潮湿的被子下面，她正发着高烧。

枪声就在这时铺天盖地地响起。日伪的混编部队遭到了伏击，战斗一直持续到黄昏才结束。当满身硝烟的乔三出现在瑞香面前时，她只是抬了抬眼皮，又昏迷过去。

大别山南麓地区的战事就像是滚雪球。刚开始时只是一场普通的追击战，随着日军投入的兵力增加，很快形成了一次大规模的围剿与反围剿，每天都有枪炮声充斥在山林间。

瑞香的病情反反复复，一直没有完全好转的迹象。随着战事的扩展，她不得不经常跟随部队转移，日夜不分，风雨无阻。有一次，他们在突围时遭到日军炮击，瑞香被几颗弹片击中。她倒在弹坑里，掩盖在尘土之下，她甚至都觉得自己已经死在了这荒山野岭间。

乔三在一次战斗的间隙前来看望瑞香。相对沉默了一会儿后，他建议先送瑞香去武汉休养，等伤势痊愈再去重庆。乔三说："你放心，路上都做了安排，一出大别山就会有人接应。"

"是重庆方面的安排吧？"瑞香身上裹着一条军毯，笑容苍白地说，"我没想到，你的发报机是可以通天的。"

"是上面的手眼通天。"说着，乔三取出那份来自军委会侍从室的电报，交给瑞香后，又说，"电报是指名发给你的，我可以断定，我们身边有军统的人。"①

---

① 国民政府军事委员会侍从室主任历来兼任军统局长。

看完电文，瑞香没有说话。进山以来的这些日子里，她最大的疑问还是那天晚上。安庆城内的日本宪兵是怎么知道她在娄埠镇上的？

根据乔三获得的情报，安神父在进城参加教会每月一次的例会时失踪。三天后，他遍体鳞伤的尸体从护城河里浮上来时，瑞香已在开往大别山的火轮上。然而，瑞香从不认为这就是真相。每次回想起那个雷雨交加的夜晚，她的眼前总是要出现那名宪兵中尉手中拿着的那张照片。瑞香甚至怀疑，日军这次不计代价的进山围剿都跟自己有关。只是，她什么也不说。她把所有的疑问都埋藏在心底，异常顺从地听凭乔三的安排。

为了确保瑞香一行安全离开，乔三集中兵力，组织了一次大规模的反攻。大战前夕，他粗犷的脸上流露出细腻的忧伤，嗓音沙哑地说："我知道你不愿意去重庆，可我这里已经自身难保。"

"那你知道我为什么不愿意去重庆？"见乔三没有开口，瑞香从病榻上支起身，划着一根火柴，一直看着火苗快要烧到手指了，才点亮油灯。瑞香在跃动的光影中说："事实上，新记这些年一直都在抵制当局在各方面的渗透……我之所以要这么硬撑着，就是不想让它重走大风堂的老路……我不想让一个社团沦为你们委员长床底下的那把夜壶。"

乔三说："你想对我说什么？"

"我还能说什么？"瑞香捂住嘴巴，一阵咳嗽后，抬起头，兀自一笑，说，"现在，我就像一条丧家之犬。"

护送瑞香一行的是骆炳全与他最精干的手下。他们避开大道，翻山越岭到达湖北境内的一路上，瑞香的伤口开始感染，每天都在发着低烧。她躺在滑竿里，让人把骆炳全叫到跟前，说："来接我们的人应该就在前面的镇上。"

骆炳全低头说是。说完，他想了想，抬起头，又说："大当家的，万一前面张着口袋在等我们往里钻呢？"

"那就绕开镇子。"瑞香虚弱而断然地说，"我们还从小路走。"

当晚，喝过半碗热粥后，瑞香的气色好了许多。她让身边的人都退出山神庙后，看着燃烧在大殿内的那堆篝火，对骆炳全说："看来，你并不信任军统。"

骆炳全摇头，说："我是以防万一，我的任务是把大当家的安全送到汉口。"

"如果我不打算去汉口了呢？"

骆炳全不假思索地说："那我就带兄弟们回山里，跟着司令打游击。"

"你觉得像乔司令这样的人……会留一个军统眼线在身边吗？"

骆炳全黑瘦的脸一下变得发白。

瑞香笑了，伸手示意他在一个马扎上坐下后，说："军统是什么时候招募你的？"

骆炳全在述说的过程中脸色恢复如常。他坦率地告诉瑞香，早在被乔三派往安庆城内充当眼线之前，他就是军统的人了。只不过，多年来他一直是颗闲棋冷子，直到瑞香出现在娄埠镇，他才被真正激活。骆炳全说："我的使命就是不惜一切代价保护大当家的。"

“如果保护不成呢？”

骆炳全在瑞香的注视中低头沉默。有些事，就算他不说，瑞香心里也清楚。自己是绝不能落进日军手里的。为此，早在离开上海前，她就把一枚藏有氰化钾的嵌宝戒戴在了手上。

瑞香慢慢地抬起手，看着中指上的那枚祖母绿的戒指，说：“是啊……其实你我的性命早就绑在了一起，不管我出任何岔子，你都活不成。”

骆炳全说：“是。”

“那你为什么不跑？”瑞香说，“你是有机会离开的。”

骆炳全说：“万一大当家的没出岔子呢？”

瑞香又笑了，说：“你这么相信万一？”

第二天，骆炳全带着他的兄弟返回大别山。站在山神庙的台阶下，他朝瑞香用力一拱手，说：“大当家的，一路保重。”

瑞香扭头看了眼庙门上方那块斑驳匾额，说：“我看，你还是叫我四太太吧。”

骆炳全一愣，好一会儿才垂下双手，恭恭敬敬地鞠了个躬，恭恭敬敬地叫了一声：“四太太。”

瑞香在几天后，登上前往汉口的渡轮，才吩咐管家说：“派个兄弟去等在山神庙里，如果他回头，就带他来见我。”

管家犹豫了半天，还是忍不住多嘴说：“他可是军统的人。”

瑞香闭口不语。渡轮靠岸时，她被抬上一辆早已等候在码头上的救护车，拉响警报从医院的正门进入，很快又换乘轿车由后门离开，穿过整个市区，径直驶进了一幢幽静的别墅。

在一间由客房改成的手术室里，鬓发有点斑白的医生重新清理与缝合了瑞香的伤口后，走到门外对朱君其说："让病人好好休息吧，她最需要的是休息。"

朱君其是个长相斯文的中年人。他曾是唐汉庭生前最为器重的门生，现在是武汉三镇的码头工会总干事。第二天，他进来向小师娘请安，等到护士离开后，才收敛起笑容，说："接到师娘手令，我就在浙商会馆一带布了人，这些日子唯一的变化是对门的邮局里新来了个听差，街口是所小学，前天门房换人了。"

浙商会馆是建在长江边的一幢毫不起眼的小楼，却是重庆直属的秘密据点，就连军统武汉站被破获，它都不曾暴露。根据行程安排，瑞香将会被送到那里进行治疗与休养，然后转往重庆。只是，在离开大别山时，瑞香就派人日夜兼程先行赶到汉口，请朱君其派人密切注意浙商会馆一带的动静。

沉吟许久后，瑞香说："这两个地方都是有电话的。"

朱君其想了想，说："试一试就知道了。"

两个小时后，几名风尘仆仆的男人出现在浙商会馆门口。他们行动敏捷，目光警觉。等一会儿，就见两辆人力车快速来到。他们从其中的一辆上搀扶下一名女子后，匆匆进入会馆大门。

傍晚时分，朱君其再次来到瑞香房间。站在病床前，他嗓音干涩地说："日本宪兵队与特高课刚刚查抄了浙商会馆。"

"那……那个女人呢？"

日本宪兵把她押上车时，她被躲在远处的狙击手击毙。朱君其犹豫了一下，又说："我们的人跟踪了那名狙击手……他是军统的人。"

瑞香脑海中闪现的是自己被击毙时的场景。她在冷笑一声后，缓缓地说："我想，明天报纸上的头条是……我在被日军抓捕前为保名节饮弹自尽。"说完，她又发出一声冷笑，说："在他们的计划里……可能这是最完美的结局。"

"我护送师娘去重庆。"朱君其说，"这种时候，您应该去面见蒋夫人。"

瑞香摇了摇头。她扭过脸去，出神地望着低垂的窗帘，说："你替我电告胡石言，让他来见我。"

30

胡石言在离开上海的途中被捕。负责抓捕的是汪精卫的特工总部。

甫良赶到汉口当面告诉瑞香这一消息时，瑞香脸色出奇的平静。她淡然地说："你没有必要为了这点小事亲自跑一趟。"

"我不跑这一趟，只怕跳进黄河也洗不清了。"甫良脸上黑色的眼罩已经换成了一副圆框眼镜，只是那个水晶眼球看上去太过黑白分明，隔着镜片总让人有种不寒而栗的错觉。坐在归元寺内的一间禅房里，他从瑞香离开上海后说起，一直说到胡石言因偷运一批棉纱而被捕。

这批棉纱最终的目的地是河南境内的国军战区，战士们需要御冬的寒衣。甫良说有些事，公司不能出面，只能由新记来做。说完，他接着又说："不过你放心，来之前，我去南京见过周佛海，他不会被枪毙，我想，74号也绝不敢为难唐家的人。"

"我没有看错你，新联合在你手里做了很多事，不光是开辟航道与运送物资。"瑞香笑着说，"我听说，你还帮戴笠从香港把胡蝶的几十个箱子运到了重庆。"

"既然干事情，就免不了要交朋友。"甫良说，"新记有中统的陈先生，新联合就不能交军统的戴老板做朋友吗？"

"新记的前身是你们唐家的大风堂，离开上海时我已经打算把它交还给唐家。"瑞香看着甫良，说，"现在看来，是时候了。"

甫良笑了。他放下茶杯，拿起靠在桌边的斯的克，拄着走到窗边，推开窗户，说："日本人千方百计想抓你，却始终没有下格杀令……那是因为你手里掌握着新记，而他们需要的是上海安定……影佐祯昭与南京方面都派人来找过我，虽然他们各自都在打着自己的小算盘，但目的是一样的，都是试图说服由我来取代你。"甫良转过身，放缓语气，"事实上，你根本不需要担心我会借军统之手来夺你的位……我想要新记，或是要你的命，我只需曲意应承一下日本人就行了。"

"靠日本人与南京的汉奸撑腰，新记的位置你坐得稳吗？"瑞香仍然微笑着，说，"就算坐稳了，日后你军统的朋友会认这笔账吗？"

"所以，我来了，我只身来这里见你，就是要亲口告诉你，新记与新联合公司这两顶帽子是绝不可能戴在同一颗脑袋上的……我不管军统怎么想，也不管你是不是在试探我，都只能说明，你们都没把事情想明白。"说完这些，甫良走到桌前重新坐下，盯着瑞香那张憔悴的脸，说，"我这次来，还有另外一件事。"

随着新联合公司在长江北岸拓展陆运业务以来，井上家族就不断地要求追加投资，但每次都遭到甫良拒绝。就在法国的维希政府宣布放弃在华租界的当晚，上海的工商界以示庆祝，包下了整个百乐门舞厅。

福山寺野在舞会进行到一半时，当众向洋子求婚。这个人被誉为井上家族年青一代里的翘楚，曾经游学美国与欧洲，后来又在关东军服役，不久前才退役来到上海。在很多外人眼里，他衣着讲究、举止优雅，却只是个迷醉于十里洋场的花花公子。每个晚上都留恋在灯红酒绿之间。而此刻，他单膝跪在舞池里，以西方人的礼节，一手牵着洋子，一手举着一枚装在丝绒锦盒里的钻戒。他的眼神是那么的真挚与炽热，仰望着洋子，用法语说："嫁给我，让我做你的丈夫，做你孩子的父亲。"

洋子穿着一条绛紫色的旗袍。她扭头看了眼站在远处的父亲，接过锦盒，啪的一声合上后，交给身边的侍女。洋子又扭头看了眼父亲，伸手拉起福山寺野，挽住他的一条胳膊，一起站在一片闪烁的镁光灯前。

"看来这出戏你们排练很久了。"甫良在震惊之余，直言不讳地对桥本信雄说，"可她不光是你的女儿，她还是我们唐家的媳妇。"

"这是必然的结果。"桥本信雄表情淡漠地说，"你在拒绝井上家族时，就该想到有今天。"

"你们想占有新联合公司，没必要玩那么多花样。"甫良说，"你们直接派兵来接管不就成了？"

"如果有必要，我们会的。"桥本信雄说完，扭过头去，望着众人簇拥下的女儿，想了想，又说，"甫良君，还是去送上你的祝福吧……他们将在樱花节的时候举行婚礼。"

甫良讲完这些，显得有点疲惫。他靠在椅子里，不动声色地看着瑞香。这时，两名僧人敲门进来，把饭匣里的斋菜一碟一碟摆放在桌上后，又无声地退出屋外。

"先吃饭吧。"瑞香拿起筷子说，"我们都饿了。"

"我要你做我的媒人。"甫良说，"让我尽快跟洋子成婚。"

瑞香瞪着他半天才说："你疯了。"

"你不用这样看着我，从古到今娶自己嫂子的，我不是第一人，也不会是最后一个。"甫良坐直身体，端起碗开始吃饭。吃到一半时，他看了眼瑞香，说，"你放心，我要娶的不是一个女人，我是要捍卫唐家对公司的绝对控制权。"

"你赢了这一次又怎么样？"瑞香说，"日本军方随时可以通过武力来接管公司。"

"那你当初干吗要花那么大代价救我回来？"甫良说，"你让我死在战俘营里不是更好吗？"

"我们要的不是公司，我们要的是你大哥开辟与经营的那些渠道。"瑞香说，"你要相信，就算井上家族控制了公司，他们也控制不了航线上的船只。"

甫良摇了摇头，说："公司没了，唐家就没了。"

"只要我们还有一线机会赢得这场战争，一个唐家算不了什么，一家公司也算不了什么。"

甫良点了点头，放下吃剩一半的饭，说："你说得没错，唐家算不了什么，新联合也算不了什么……其实，从我记事那一刻起，我跟甫华就无比讨厌我们的姓氏，讨厌我们的父亲，讨厌这个家里的一切……我们曾经是那么的渴望从唐家这条链条上挣脱出去，哪怕一无所有……可现在不一样了……现在，我比任何时候都觉得没有这个家，就再也不会有我们。"说完，他拿起搁在桌边的毛巾，看着瑞香，擦干净嘴角后，站起身，默默走到门边。甫良望着瑞香："可是如果连家都没了，我们就真的回不去了。"

上海市政研究会是受日本外务省控制的一个民间机构。桥本信雄由驻沪副总领事改任会长，完全是东京本部对一名驻外官员的婉转批评。但他似乎毫不在意，仍然每天坐着他的专车准时出门上班，准时下班回家。

这天回家途中，轿车刚驶入虹口公园后面的小马路就被警察拦下。几乎同时，两名头戴礼帽的男子拉开车门，一前一后地坐进车里。

骆炳全把手枪顶在司机腰上，说："去平田的居酒屋。"

司机面不改色，扭头看着他的主人。见到桥本信雄点头，他才松开刹车，挂挡，把轿车拐进一条小巷。

瑞香并没有在意从拉门外进来的桥本信雄。她穿着一袭洋装，跪坐在包间正中的一张茶几前，神情专注地烫杯、温壶，然后洗茶、冲泡，如同是在作茶道表演，直到把一杯浅绿色的茶水放到桥本信雄面前，才开口说："这是六安产的瓜片，是我从安徽带来的。"

桥本信雄已经恢复常态。他就像是只停在尸体前的秃鹰，纹丝不动地盯着眼前的猎物，始终没有出声。

片刻的沉默后，瑞香又说："我一直认为您是个明智的日本人，可您还是做了一件极不明智的事情。"

"如果您也是个明智的中国人，那就应该知道，这不是我的决定。"桥本信雄终于端起茶杯，吹了几口后，一仰脖子像酒一样饮下，又说，"这是谁也不可抗拒的意志。"

瑞香替他续上茶水，淡淡一笑，说："听说洋子搬回您府上后，我一直打算去看望他们母子俩，可见到你们派了那么多人守在那里，就不想给他们多添麻烦了。"

洋子与福山都受到严密的保护。桥本信雄说："在他们俩大婚前，我们不想发生任何意外。"

"该发生的意外迟早都会发生。"瑞香说，"最好的方法是取消婚约。"

"最好的方法是结束战争。"桥本信雄说，"可那只是美好的愿望。"

至少您可以做到在我们之间避免战争的发生。瑞香看着桥本信雄那张沧桑的脸，说起了当年。甫仁为拓展海外的运输业务，以联合公司的股份换购井上家族在香港的九宫海运公司。现在，唐家愿意放弃九宫海运的控股权，条件是井上家族必须终止控制新联合公司的计划。瑞香说："请您把我的意思转达给井上家族，我想，这对他们来说也是一桩好买卖。"

"事实上，井上家族从来没想过要控制新联合公司，他们执行的只是军方的意图。"桥本信雄在婉转地表达了这层意思后，说，"四太太应该比我更清楚，军方之所以要插手，是因为新联合公司的关系太复杂了，他们在暗中做了许多不该做的事情。"

"这也包括你们军方与南京的官员们从中收受的利益吗？"瑞香说完，停顿了一下，又说，"那就把我的意思也转达给你们军方吧，你们已经占领了大半个东南亚，你们需要更多船只来运送掠夺来的物资。"

"四太太能做这样的决定，我相信我们军方是会非常欢迎的。"桥本信雄盯着瑞香，说，"但也有人会提出疑问。"

"那您的疑问是什么？"

"我没有疑问，我更愿意把它看成是一个阴谋。"桥本信雄冷笑着说，"因为您的这个决定会大大得罪你们的美国盟友。"

"这个世界上没有永远的朋友，有的只是永远的利益。"瑞香沉下脸，说，"所以，我希望在樱花节的婚礼上，洋子的新郎将是我们的唐先生。"

桥本信雄的脸色一下有点发青，瞪着瑞香，说："您以为这样就能保全你们唐家在新联合公司里的地位？"

"您以为这场战争永远不会结束吗？"瑞香说，"但我可以向您保证，在任何时候，我都会保证您跟您家人的安全。"

桥本信雄咧嘴笑了，眼神却像要隔着茶几把瑞香一口吞下、嚼碎那样。他一字一句地说："我也可以向您保证，至少在目前，大日本皇军随时都可以让你们唐家在上海滩消失。"

"唐家消失了还有新记。"瑞香轻描淡写地说完，伸手掀开茶几一侧的毛巾，把罩在里面的那个丝绒的锦盒轻轻推到桥本信雄面前，没有再说一句话，也没有再看他一眼。瑞香支着茶几站起身，悄无声息地走到门边，轻轻地拉开门，穿上皮鞋离开。

桥本信雄身形笔挺地跪坐着，后来开始一个人自斟自饮，直到把壶中的茶水喝到一滴不剩，才拿过那个锦盒打开，只见里面是一枚蓝光游移的火油钻戒。

那是福山寺野送给他女儿的求婚信物。一直锁在洋子房间的保险柜里。

当桥本信雄回到家，把这枚钻戒放到女儿面前后，咬着牙齿，说："流氓就是流氓，他们就知道威胁无辜的人。"

"在这场战争里面没有人是无辜的。"洋子异常平静地说，"也没有人是可以幸免的。"

31

作为日军全面占领上海后最为引人注目的一则花边新闻，甫良在大华饭店迎娶了他的嫂子。

当晚，戈登路上这家曾为蒋介石与宋美龄举行过婚礼的饭店里灯火通明、高朋满座，却始终见不到双方的家人。甫良毫不在意。他谈笑风生、满面春风，就像新娘是他深爱已久的心上人，今晚终于如愿以偿。

夜深人静后，甫良独自回到设在饭店顶楼的洞房。洋子已经换掉礼服，就像在家里一样，穿了件浴后的轻便和服，头发湿漉漉地盘坐在床上。她用一种审视的目光看着甫良，说："当年你大哥娶我的时候，每天都有人堵在你家门口，骂他是汉奸，是走狗，是个好色之徒。"

"现在没人敢了，现在上海是你们的天下。"甫良倒了两杯白兰地，走到床边，把其中的一杯递给洋子。

洋子没有去接，而是用她那双略显棕色的眼睛看着甫良，说："但我相信，他娶我不只是为了要在这场战争里巩固你们唐家的地位。"

"你放心，我娶你也不光是为保全唐家在公司里的地位。"甫良说着，举起那个酒杯放到唇边，不急不缓地把酒一口饮尽后，放下酒杯，在床边坐下，把手伸进洋子的衣襟。

"你母亲是唐家的姨太太，你们从一开始就受到大房的欺压，过着并不比仆人体面多少的生活。"说着，洋子从甫良的另一只手中拿过酒杯，同样不急不缓地一口饮尽后，语气平淡地继续说，"现在，你终于有机会彻底占有你大哥拥有过的一切了。"

"这是你们情报机构对我的性格分析吗？"甫良不屑地一笑，抽出手来，站起身开始脱掉身上的衣服。他一边脱，一边说："还是你想告诉我，你除了是桥本家的女儿，你身后还有一个庞大的特工组织。"

"我只是要告诉你，你永远都取代不了你大哥。"洋子仰起脸，望着屋顶的吊灯，说，"我相信，他正在天堂里看着你。"

甫良一愣，不禁抬头也看了眼吊灯，动作更快地把自己脱光。他把左腿从假肢里抽出来后，摘下眼镜，从眼眶里抠出那颗水晶的眼球，放进酒杯里。甫良的面目一下因脸部的塌陷而变得狰狞。他用一条腿赤条条地站在床边，说："那就让他看吧，让他看看我们的新婚之夜。"

几天后，有关唐家的另一则新闻被登在报纸不起眼的角落里。唐家大总管因犯走私罪在第二区法院首次受审，却当庭获得保释。法官手起槌落宣布退庭的时候，胡石言扭头看了眼举座哗然的记者们，不禁又用手摸了摸被刮破皮肤的下巴。

晚上，胡石言婉拒了所有要为他接风洗尘的邀请，在床上陪着老婆睡到子夜的钟声敲响，才在黑暗中摸索着起床，穿戴整齐后离开家门，坐上一辆等候已久的黄包车，到了一家旅社后，他又匆匆穿过大厅，从后门离开，坐上了另一辆黄包车。

最后，他乘坐轿车笔直地驶入了黄浦江畔的一座货仓。

这时，仓门轰然关闭。看着从黑暗中缓步走到灯光下的瑞香，胡石言忽然有种老泪纵横的酸楚感。他竭力控制着情绪，说："上海太危险了，四太太真不该回来。"

"新记群龙无首，就会让人有机可乘。"瑞香拉开桌边的一张椅子，示意胡石言坐下后，才在他身后接着说，"你不觉得这么一环套一环的，就是有人在逼我走到这一步吗？"

胡石言一下站起身，如同要窒息一样，张着嘴，却不敢喘气。

瑞香按着他的肩膀，把他按回椅子里后，绕到桌子的对面坐下，苦笑一声，说："本是同根生，相煎何太急。"说着，她打开桌上的一盒雪茄，取出一支，亲手剪掉端头，用打火机点着后，递到胡石言手里，"抽吧，我知道你喜欢抽哈瓦那的雪茄，而且只在家里，一个人的时候才抽。"

胡石言看着指间袅袅升起的青烟，没头没脑地说起了一些往事。这些年里，上海滩上的老朋友跑的跑、死的死，黄老爷子把自己关在了家里，不闻世事；张啸林汉奸没当几天，却搭上了一条性命；杜先生远走重庆，衡社里的那些子弟进山打游击的有，变节投靠日本人的也有。胡石言抬眼看着瑞香，说："只有我们新记，还把根扎在这上海滩。"

"是啊，一手握着新联合，另一只手再抓住新记这些人的话，不用等到战后，他都是上海滩上最有势力的人物了。"瑞香说，"可人总是心太急，总是会在这种时候忘了出头的椽子先烂这句老话。"

胡石言摇了摇头，说："只怕不是三少爷心太急，而是他背后的人把他逼得太紧了。"

瑞香也摇了摇头，说："甫良心高气傲，我不相信他会俯首听命于军统。"

"中统与军统只不过是委员长袖笼里的两只拳头……可他的心头肉在江西的赣州。"胡石言终于吸了一口手中的雪茄。他在吐出来的烟雾里看着瑞香，说："四太太，太子爷羽翼渐丰……新人登场，总得搬几块全新的垫脚石。"

瑞香的眼睛一点一点地睁大，瞪着胡石言，说："你早知道这些？你为什么不在电报里告诉我？"

"关在牢里的这些日子，我才把事情想明白。"胡石言说，"三少爷跟老爷不同，跟大少爷也不一样。"

瑞香没有说话。她坐在灯光下，只有眼睛在眼眶里缓慢地游移，最后还是落到胡石言那张苍白的脸上。瑞香不容置疑地说："你明天就去香港，作为唐家的代表，全权处理九宫海运的交割事宜。"

胡石言慌忙起身，张了张嘴，说："是。"

说完，他又张了张嘴，却没有往下说。

为了安全起见，瑞香在上海的住地不停地变换。很多时候，就连她最信赖的门生子弟也不知道她身在何处。他们都是通过固定的联络点接收指令。也正是这些联络点，每天不间断地把发生在上海的情况呈送到瑞香面前。

这天，骆炳全冒失地闯进瑞香的起居室，说："四太太，唐先生来了，已经进到弄堂里。"

瑞香微微一愣，但马上说："来就来吧，你带他去厢房。"

可是，甫良并没有等在厢房里，而是匆匆穿过中庭，拄着那根斯的克直接往楼梯上闯。骆炳全伸手阻拦。不容他开口，甫良就断然地说："带我去见四太太。"

瑞香稳步走下楼梯时，骆炳全正一手挡在甫良面前，另一只手伸在衣服内，抓着里面的手枪。

"原来，我们这几个的性命一直捏在你的手心里。"瑞香不冷不热地说，"你来是想告诉我这个吗？"

"知道这里的还有日本人。"甫良说，"他们的宪兵队马上就到。"

瑞香一点也不觉得惊讶。她甚至都可以猜到事情的起因。

就在两天前，九宫海运的船队满载着士兵与弹药由旅顺前往菲律宾，途中被盟军的飞机全部炸沉。这是瑞香让胡石言继续留在香港的任务——摸清九宫船队的一举一动，再把这些情报通过余十眉转送到美国的海军情报局。

瑞香奇怪的是甫良的举动。他不仅亲自赶来通风报信，还陪着她从后门离开，登船由苏州河一直驶到黄浦江。显然，甫良早已安排好了一切。他指着一条挂有日本国旗的货轮，说："你要是信得过我，就上这条船，它会安全地送你离开上海。"

瑞香不假思索地说："信不信得过要离开了才知道。"说完，她吩咐随行保镖："你们扶唐先生一起上船。"

货轮一路有惊无险地驶离黄浦江，经吴淞口出海。进入浙江的舟山海域时，瑞香忽然向骆炳全下令，让他带人去控制驾驶舱，并且切断船上的所有通信。

甫良站在一边，不闻不问，脸上始终保持着淡定的表情。直到货轮被迫返航，一行人登岸站在乍浦的海滩上，远远地看到几辆汽车拖着长长的尘土由镇内驶来，甫良一笑，说，看来："是我多虑了，四太太原来早有安排。"

瑞香充耳不闻。她拉开车门待甫良进入后，跟着坐了进去。车队在水网密布的江南平原一直行驶到天色黑尽，才在一条堤坝前停下。

"我们下去走走吧。"瑞香说着，推门下车，径直走到堤坝的中央，转身看着甫良，说，"其实你不用花费那么多心思，让我死在日本人手里就是你最好的开端。"

甫良点头，说："是的，我还可以发动整个新记为你的死复仇，从而全面地控制它。"

说完，他竟然笑了。他的笑容在夜色中竟然那么灿烂与纯真。

"那你为什么不这么做呢？"

"因为，我跟你不一样。"甫良脸上的笑容不变，变化的是他的眼神。他把脸凑到瑞香面前，说："唐家死的人够多了……我希望剩下的每个人都能好好地活着，尤其是你……你是最应该看到这场战争结束的。"

一下子，瑞香像被什么击中了，许多熟悉的面孔在眼前一掠而过。她捂住胸口，低头咳了好一会儿，才在一块突起的条石上坐下，久久没有说话。

"你得让出新记了。"甫良忽然说，"现在，我比任何时候都需要人手。"

瑞香抬眼望着漆黑的河面，说："就凭这句话，我就该把你沉进这水底。"

甫良收敛起脸上的笑容，在瑞香的一侧坐下。他双手支着斯的克，就像一时不知从何说起那样，犹豫了很久，才说："没有上过战场的人是不会真正明白的，我们常常投入几个师的兵力，却打不赢鬼子的一个旅团，你知道为什么吗？"不等瑞香回答，他接着又说："不是当兵的贪生怕死，也不是我们缺少必胜的信心，我们节节败退常常是因为给养供应不上。"甫良说："日军的一个师通常会配备三百多辆卡车运送物资，而国军呢？有时连一个军都找不出几辆运输车来，这也是我在接掌新联合公司后，为什么要着力开拓陆路运输的原因。"最后，甫良看着瑞香，说："时不我待啊，卫立煌已经接任远征军总司令，中印之间的公路一旦打通，我们不光需要大量的运输车辆，更需要可靠的人手。"

瑞香不动声色地说："那小蒋给了你什么许诺？"

甫良笑了，坦然地站起身，说："登高才能望远……我想，我们要走的路还很长。"

瑞香一动不动地坐在条石上，直到贴着河面吹来的风把她整个人都吹得冰凉，才站起身，默默地走向大灯雪亮的汽车。走到一半，她站住了，一指甫良手中的斯的克，说："你拿着它去虹口的原田质屋，去找那里的原田老板，就说来取回一件唐家的旧物。"

那件旧物是个装满首饰的盒子，里面有把金正银行的保险柜钥匙。瑞香早在第一次离开上海前，就把新记所有人员的名册、拜帖与联络方式都存放进了这家日本银行。

瑞香一边走，一边说。走到汽车前，她吩咐骆炳全说："留一辆车给唐先生。"

骆炳全应声的同时，拉开车门。

瑞香坐进车里，仰脸看着站在车外的甫良，说："现在，我把新记交还给你们唐了。"

甫良反倒不知道说什么好了。他站在车灯的余光里，如同置身于梦幻中。

这时，瑞香不容置疑地又说："你走吧，把你安插在我身边的人一起带走。”

甫良还是没有动。他呆呆地站立着，脸上的表情变得怅然若失，看着那几辆车的尾灯在茫茫的黑夜里越行越远，直到消失不见。

留在他身后一侧的是瑞香在娄埠镇上的管家。这时，他上前半步，轻声地提醒说："先生，上车吧。"

甫良点了点头，却在转身的同时，从斯的克里抽出一柄钢刃，扎进管家的腹部后，用力一划。管家捂着流出肚皮的肠子倒在地上，瞪大那双至死不解的眼睛，在黑暗中看到的是自己娇小的妻子与逐渐长大的儿子。

两年前，甫良派人前往娄埠镇重金收买他时，还派人接走了他留在青浦乡下的妻儿作为要挟。

32

在骆炳全的陪同下，余十眉经过一夜跋涉来到浙南山区的那所村校时，瑞香正坐在一间村舍改成的教室里抚琴。她穿着粗布大褂，脑后拢着一个发髻，就像是个被人遗忘在山村的女教师。每天清晨，她都会准时坐在这里抚琴，直到学生们从各个村落赶来，教室里渐渐变得热闹。

瑞香在这所村校里教授音乐与绘画，有时还兼授诗文。这些宁静的日子里，她白皙的皮肤日渐变得粗糙与灰暗，但人们还是可以从她那两道精心修饰过的眉毛上，窥视到她曾经的岁月。因此，百步村里的每个人不论年纪大小，从一开始就尊敬地称呼她为金先生。

从村校坍塌的围墙出去，瑞香领着余十眉来到一条小溪边，停下脚步，说："我即便有心，也没这个能力……你们就不要对我抱有奢望了。"

余十眉低下头，轻声说："唐将军殉国了。"

"不可能。"瑞香一下睁大眼睛，但随即发出一声冷笑，说，"你们以为我人在这山村里，就不闻不问了吗？"

骆炳全隔三岔五就会从镇上派人把收集来的情报送到瑞香手里，大都是关于甫良在远征军总司令部里的情况。有时候，来人还会捎带上一些剪报。瑞香就在最近的一份《中央日报》上还看到甫良身着戎装的照片。他与史迪威站在一起，被记者誉为中国的陈纳德将军。

余十眉声音低沉地说："这是真的，这也是我受命来见您的原因。"他告诉瑞香，甫良早于半个月前在云南的保山殉国，是远征军总司令部封锁了这一消息。最后，他以一种不容置疑的语气，又说："中印之间的运输线关系到战争的胜负，新记不能群龙无首，请四太太务必赶赴云南。"

瑞香没有出声。默默地站了好一会儿后，她默默地转身，返回村校。

事实上，早在中美在缅北联合发动滇西大反攻之前，甫良就已经秘密离开上海。临行前，他不仅转走了公司账上全部的资金，还以抵押的方式，从汇通银行里贷走一大笔款项。他用这些钱购买了大量的卡车，运到中缅边境，并通过新记驻东南亚的办事处，在华侨中间大肆招募司机与汽车机械师。

就在甫良到达设在保山的中国远征军总司令部当天，他被公开恢复军籍，并授予陆军少将军衔。几天后，上海的日军宪兵司令部出动两个小队，分别查封了唐公馆与新联合航运公司。他们抓捕了与甫良有关的所有人等，除了二太太。

二太太自大太太死后开始吃斋念佛，每个月都要到城外的真如寺进香。碰到特别的日子，她就远赴杭州的灵隐寺，有时还会去更远的舟山普陀寺。可是这一次，宪兵司令部的特高课派人找遍了这三地的寺院，都没有发现二太太的踪影。她就像在人间蒸发了。

一周后，桥本信雄亲自赶往提篮桥监狱，把女儿与外孙接回家里时，福田寺野已经在客厅里等候多时了。他一见桥本信雄，就起身行礼，然后对洋子说："宪兵部做得太过分了，战争让很多人成了疯子。"

洋子面白如纸。她把牵着的儿子交到女仆手里后，除了躬身施礼，没说一句话。

"今晚有趟飞机去东京，我请福山君送你们母子回国。"桥本信雄在沙发里坐下说。

"我不回日本。"洋子说，"我的家在这里。"

"不回日本，就回监狱，这是军部的命令。"桥本信雄冷冷地说，"上海已经没有唐家了，你得做回桥本家的女儿。"

当晚，桥本信雄没有去为女儿送行，而是独自一人去了教堂，长久地跪在点满蜡烛的圣坛前。他在晃动的烛光里看到了自己的家乡，那个寺院遍布的地方。

天亮时，洋子乘坐的飞机缓缓降落。她瞥了眼机窗外，然后回头看着这位曾经的未婚夫，说："这里不是东京。"

福山寺野的脸上再也见不到多情男子的温婉。他表情木然地说："是不是东京不重要，重要的是我们都不能忘记自己的身份。"等到所有的随行人员都下了舷梯，福山寺野重新开口，一字一句地向洋子交代任务。最后，福山寺野挺直身姿，说："身为军人，为天皇玉碎是至高无上的荣耀。"

洋子的眼睛始终望着机舱外。她一直看到载着儿子的军车在跑道尽头消失，才说："你以为我还有机会接近他吗？"

"我们会为你创造机会。"福山寺野说，"只要你记得，你还是帝国的军官。"

"让我带着我的儿子一起去保山。"洋子说。

"这是不可能的。"福山寺野面容坚定地说，"不过你放心，只要你丈夫死了，你儿子一定会回到他外公身边。"

然而，两个多月后的某一天，洋子首次被提审时，听到审讯官说的第一句就是儿子寿昌的死讯。他与唐家的三太太以及唐家的许多亲属在上海被秘密处决。

中国远征军的侦讯室设在保山城内一个土司的衙门里，湿热而阴暗。侦讯官的两鬓渗着汗水，眼神却像一把锋利的匕首。他冷冷地说："连一个四岁的孩子都不放过，这就是你为之效命的帝国。"

洋子从昏厥中醒来已在陆军医院的病房里。四天后，她被押回土司衙门途中，军车在穿过集市时一匹驮柴的矮马突然蹿出。刹车发出刺耳响声的同时，洋子一眼看到了她的儿子。寿昌被一个身穿傣族服装的女人抱在怀里，很快钻进了一条巷子。接着，从这条巷子里走出来的人是福山寺野。他身上穿着国军的尉官制服，手里拿着一个小孩的彩纸风车。

"我要见我丈夫"。洋子对押送她的卫兵说，"我要见你们唐将军。"

为了这次见面，洋子不仅要求洗了澡，还当着两名卫兵的面化了个淡妆，但仍然无法掩盖她惨白的面色。

"我们真有必要见这一面吗？"甫良穿着一身居家的丝绸短装，在戒备森严的军营里显得有点突兀。他坐在一把简陋的椅子里，就像面对一个陌生人那样，目光随意地看着被反铐着的洋子。

"至少我还是你的妻子。"洋子说完，眼中涌上一种莫名的酸楚。她低下头，就如面前坐着的是她的侦讯官那样，于始诉说她的这次保山之行，目的就是为了刺杀甫良。她项链的吊坠里藏着氰化钾，唇膏里也是。而且，她还知道，她把这根斯的克转交给甫良后，他请人在里加装了一柄钢刺，作为防身之用。洋子说，"我受过专门的搏击训练，只要让我接近你，我就有机会杀了你。"

"这些，我们都已经知道。"甫良语气平淡地说，"我们还知道，他们利用寿昌逼迫你来执行这项任务。"

洋子蒙着泪光的眼睛有点发直。她的脚步向前挪动，却被左右两名卫兵拉住。

"所以我一来，你就关押了我。"洋子点了点头后，又无端地摇了摇头。她用力地说："你不是怕我会杀了你，你是要借上海宪兵部的手，除掉你们整个唐家的人。"说完，她又说："你不是真的为了你们的国家，你只是要消灭你的家族。"

甫良的脸色起了变化。他起身走到洋子面前，把手中的斯的克交给卫兵后，一摆手，等他们都出了屋子，说："你跟我说实话，你到底为什么非要来见我这一面？"

"我请你跟我离婚。"洋子胸脯还在起伏，但脸色已经平静。她看着甫良，说："让我作为一个纯粹的日本人，让我干干净净地离开这个世界。"

甫良笑了，伸手抬起洋子的下巴，看着她那双略带棕色的眼睛，说："没有人出得了唐家这扇门……我不会跟你离婚，也不会让你去死。"隔了很久，他又说："就让我们做两个徘徊在天堂门外的人吧。"

说完，甫良用另一只手抓住洋子的胸，使劲地捏着，舌头用力地撬开她嘴里紧咬的牙齿。

洋子一直坚持到咬碎槽牙，才松开嘴，任由甫良的舌头伸进来。早在她远赴中国前，东京情报总部的医生就在她瓷质的槽牙里植入了一颗氰化钾。

远征军司令部在瑞香到达保山后为甫良举行了公祭。那天是1944年的10月15日。整个滇西的山岭都笼罩在一片烟雨之中。甫良被追授为陆军中将。他在各大报纸上的公开死因是在日军的空袭中不幸殉国。

会后，瑞香婉拒了军事委员会的任命。她坐在甫良曾经坐过的那把简陋的椅子里，对从重庆国防部专程赶来的副官长说："我只是一介妇人，如果战争需要我在，我会像根钉子一样扎在这里。"

夜深以后，雨停了。瑞香让人在军营一侧的空地上点燃篝火，开始焚烧甫良留下的遗物。她在熊熊的火光里，看着新记的骨干们，说："这一回，我们真的没有退路了，新记的命运……这一回真的跟这场战争捆在了一起。"

所有的人都没有说话。他们默默地垂首站立着，看着甫良的遗物在火焰中化为灰烬。

几天后，胡石言搭乘新记的运输车由缅甸来到保山。他站在瑞香面前，不无忧虑地说："只要汽车还在这条公路上跑着，日本人的轰炸就不会停止，他们的暗杀也不会停止。"

"那你是来替我挡子弹的？"瑞香喝着冰镇过的越南咖啡，说，"就算我真的死在这里，新记的车队照样不会停止。"

"四太太，能撑得起唐家这个局面的人，如今只剩下您了。"胡石言的言辞间充满了关切与哀伤。见瑞香不语，他上前一步，又说美军已经在菲律宾的莱特岛登陆。虽然，日本人现在接管了唐家在上海与香港的产业，但只要打赢这场战争，这些产业迟早还会回到唐家……

"你这么大老远地赶来，就是要对我说这些吗？"瑞香打断他的话，伸手替他倒了一杯咖啡后，示意他坐下。

胡石言反而站得更加拘谨了。他把身体躬得就像只虾米，说，如今的保山城是远征军的心脏所在，如果他是日本人的话，一定不会只派洋子小姐一个人来这里的。

瑞香扭头看着窗外的操场，漫不经心地说："你从香港到越南，再到印度，这一路上想必见识了很多高人吧？"

胡石言笑了笑。他慢慢地挺直身子，眼睛跟着瑞香的目光望着窗外的操场，答非所问地说："四太太，擒贼先擒王的道理，日本人也明白。"

瑞香起身走到窗边，说："那好，那我就动一动，当它一回诱饵。"

胡石言赶紧跟着上前，诚惶诚恐地说："四太太，我不是这个意思。"

两天后，瑞香离开警备森严的远征军司令部，动身前往昆明。车队到达昌宁城外的白沙坡时遭到了伏击。战斗来得突然，结束得更加意外，就像热带山林里下了一场暴雨，很快被随后赶到的国军击溃。

当晚，骆炳全带队突袭了保山城外的一处苗寨。当福山寺野被押到瑞香面前时，身上仍然穿着国军的制服。

骆炳全一脚把他踹倒在地。

瑞香却连眼皮都没有抬一下。她对胡石言说："你去趟香港，去给井上家族递个口信……就说，我愿意用这个人的性命换回寿昌。"

胡石言一愣，说："寿昌可是桥本信雄的外孙。"

"他是甫仁的儿子。"瑞香不容置疑地说，"桥本信雄早已经失势，我想井上家的人知道该怎么做。"

看着胡石言带人押着福山寺野出了屋子，骆炳全始终在犹豫，但最终忍着没有开口。

瑞香笑了，看着他，说："你一定在想，胡总管去了香港，他还回得来吗？"

"他是个英雄，他的一份情报，就把成百上千的鬼子炸进了海底。"骆炳全避开瑞香的目光，说，"让他去香港，等于是把他往虎口里送。"

瑞香的脸色沉下去，在发出一声长长的叹息后，她摇了摇头，说："没有英雄的年代，才是最好的年代。"说完，瑞香起身往里屋走去。走到门边，她又说："你要记住，永远不要质疑我的决定。"

33

国军空降上海受降那天，同机而来的瑞香受到隆重的欢迎。四太太的风头完全盖过了那些浴血奋战的将士们。但是，她的脸上并没有多少胜利者的神采。更多时候，瑞香只是用一种近似于忧伤的眼神看着那些夹道欢呼的民众。

汽车绕道从四公馆门前经过时，司机放慢车速。瑞香看到一些工人正在用铁锤拆除门口的水泥岗亭，还有花园草坪上的两个暗堡。此前三年多时间里，她的这幢旧居一直被日军的陆战部队征用。

坐在副驾驶位置上的骆炳全这时回头看了眼瑞香，欲言又止。一直到汽车驶进唐公馆的大门，才小声提醒说："四太太，到了。"

瑞香这才恍若从梦中醒来，眼眶里竟然蓄满了泪水。

在唐公馆门前恭迎瑞香的都是唐家的门生与故友，长长的队伍从花园延伸到大厅。到处都挤满了人。只是，唐家的这座公馆早已经被洗劫一空。几代人的收藏如今只剩下了空荡的四壁。

瑞香面带微笑，与每个人握手寒暄，一直到踏上小祠堂的台阶才止步回身，深深地一鞠躬，说："各位都留步吧。"

说完，她拉起寿昌的小手，牵着他迈过门槛。

唐家的小祠堂布置得就像一个灵堂，里面点满了白色的蜡烛。唐家每位逝者的照片根据辈分排序挂满了正中的墙壁。在长久的伫立后，瑞香抱起寿昌，走近那些遗像，一张张地指着教他辨认：这是你的爷爷，这是你的奶奶，这是你的爸爸……

寿昌忽然用他稚嫩的声音说："那四奶奶你的照片在哪里？"

瑞香一下闭嘴了。让人把寿昌带走后，她在一张椅子里坐下来。八月的天气酷热难耐。瑞香独坐在这间密不透风的屋子里，却很快感到了丝丝寒意。她闭上眼睛看着这些熟悉的人从照片里走下来，把她团团围在中央。他们每个人都在说着各自要说的话，每一句都是那么的清晰可辨。

1945年双十节，上海举行了盛况空前的庆祝活动。人们高呼着胜利与和平的口号，挥舞着彩旗从四面八汇聚成流。游行队伍经过四公馆时，有人忽然向围墙内抛撒传单。

几天后，四公馆的偏厅里聚集着新记在各个行业里的管事们。那些传单与这些天来的报纸被胡乱丢在会议桌上，上面最醒目的字眼是"打倒社会恶势力，建设正义新上海"。

嘈杂的人声在瑞香步入偏厅后沉静下来。人们纷纷起身致意。瑞香走到长条桌的顶端坐下后，随手一指那些报纸与传单，语气轻松地说："诸位怎么看？"

短暂的沉默后，最先发言的是律师公会的理事长。他简短而有力地说："政府对帮会的长远政策就是两个字——消灭，现在黑夜过去了，他们再也用不着新记这把夜壶了。"

瑞香靠在椅子里，一副洗耳恭听的样子。等到所有的人都把话说完，她用拳头捂住嘴巴一连咳了好几声，才略显感慨地说："当年，也是在这间屋里，我下决心解散大风堂，我是想让兄弟们都上岸，新记因此应运而生，还是在这间屋里，我们大家一起拟定了八个字作为新记的宗旨，那就是一心一德、为国为民。"瑞香眼睛逐一在每个人脸上扫过后，接着又说："既然是为国为民，那我再做一次决定，我们解散新记。"

话音一落，顿时举座哗然。

瑞香平静地看着每个人，直到偏厅里重新恢复安静后，她说："我们的眼睛不必老是盯着那些接收大员们，他们要五子登科，就让他们去登，我们还有很多事情做，新记死难的兄弟要抚恤，我们还要把他们的孩子养大成人……"

可上海滩都让人挖地三尺了。有人这时插嘴说："这八年下来，我们连自己都快养不活了。"

瑞香的目光一下变得凌厉。她站起身来，继续说："日本人在上海留下了大量的公司与实业，我们要做的就是要利用好它们……它们足可以安置新记现有的弟兄们。"说完，她的目光又在每张脸上扫视了一遍后，提高嗓音，说："诸位，战后百废待兴，这是一次前所未有的机会。"

当晚，瑞香带人驱车赶往南京。第二天，她在汤山度假山庄的一幢小楼里见到杨静庵时，这位昔日汇通银行的总经理笑声爽朗地说："原来杨某一直都没能跑出四太太的视线。"

"杨先生言重了。"瑞香说，"杨先生是真人不露相。"

原来，杨静庵一直是国民政府财政部的人，潜伏上海金融界几十年。早在甫良远赴云南前线的同时，他也举家消失。临行前，他把汇通银行里最后一笔资金如数拨到新联合开设在南洋的账户上。为此，日本军方发出的通缉令直到投降当日才正式作废。

坐在小楼古朴的书房里，瑞香详细地说完解散新记的每一个步骤后，目光清澈地看着他，说："十年前，大风堂上岸时，杨先生就以汇通银行的资金助我迈出了第一步。"

"如今汇通已经成为历史。"杨静庵说，"我也成了闲人一个。"

"所以，我请杨先生出山，帮我干成这件大事。"瑞香语气诚恳地说，"一个社团要脱胎换骨，需要大量的资金支持，更需要得到当局的信任……您是最合适的人选。"

杨静庵笑了，说："在世人眼里，杨某这大半辈子都在为日本人当走狗，由买办起家，再到汇通的总经理，临了还落了一张携巨款潜逃的通缉令……作为一个银行家，我早已名誉尽毁。"说完，他摇了摇头，抬眼直视着瑞香，又说："四太太，您就不怕所托非人吗？"

瑞香没有回答。她起身走到窗边，眺望着远处的山峦，喃喃地说："现在全国上上下下有多少人在忙着找路子、占位子、抢票子，而杨先生能甘心把自己关在这间书房里，就足可见您是什么人了。"

杨静庵又笑了。他对着瑞香的背影一针见血地说："恐怕四太太更看重的是我是宋先生手下的人吧？"

"是。"瑞香猛然转身，憋着一口气，说，"八年抗战，打得唐家已经人财两空，我现在唯一想的就是重建家园。"

联合航运公司重新挂牌之日，远在香港的九宫海运，同时被更名为联合海运，由胡石言赴任董事总经理。为了筹集这两笔重启资金，瑞香不得不抵押了唐家的医院、纱厂与百货公司。可是，杨静庵却在到任前夕忽然接到中央银行的任命，派他前往天津担任分行行长。

"这就是我们的政府。"面对专程前来说明原委的杨静庵，瑞香露出一丝苦笑，说，"它最会干的就是釜底抽薪。"

不过，剪彩当天上海与南京各界的名流都悉数到场，瑞香却显得有点体力不支。在勉强作完致辞后，她便让人备车，悄悄从后门离开。一回到四公馆，就把自己关进卧房，匆匆打了个烟泡。直到一锅烟吸完很久后，瑞香身上的伤痛才得以平息。她仰面躺在床上，面色苍白得如同一个死人。

早在武汉养伤时，瑞香就开始靠吸食鸦片镇痛，只是没有人知道。此后，每当旧伤复发，她都会把自己关进卧房，在鸦片烟的麻醉里沉沉地睡去。

骆炳全敲开瑞香房门已是午后。面对脸色愠怒的四太太，他慌忙低下头，说："少爷要回来了。"见瑞香长久都没有出声，骆炳全抬了抬手中的电报纸，说，"甫成少爷已经到了日本。"

瑞香这才接过电报，仔细地看完上面的每一个字后，仍然没有出声。她只是轻轻地关上房门，重新躺回到床上。

儿子是瑞香在这个世上仅剩的亲人。就像发生在昨天，瑞香清晰地记得送他上船那天，天上下着细雨。甫成穿着一件米色的派克呢小大衣，头戴一顶猎鹿帽。他如同一个成年人那样，举止老成地跟每个前来送行的人握手告别，就是没用正眼看瑞香一眼。仿佛母亲只是送行队伍里的一名女仆。

那一年，甫成十二岁。他寄居在华盛顿一名驻美外交官的家里。后来，外交官调任回国，他被托付给了使馆里的一名武官。直到有一天，武官从机场接回一对夫妻。甫成一眼就认出了那个衣着时髦的女人，说："你是甫华，我见过你照片。"

"什么甫华？"姐姐的表情里有种与年龄不符的俏皮。她笑着拍了拍甫成的脸，说："我是你二姐。"

晚餐时，甫成当场拒绝了姐姐要他去纽约就读高中的提议。他显得定见十足地说："纽约人太多了，我现在只想安安静静地念书。"

但是几年后，甫成还是去了纽约。他不是去与这位同父异母的姐姐相聚，而是追随着他的爱情，他的足迹几乎遍布美国东海岸的每个城市与乡村。甫成不可遏制地爱上马戏团里的一名杂技演员。这个被人称为Chinese girl的华裔女孩烫着一头好莱坞式的卷发，就像只狂放而矫健的野猫。她还有一个好听的中文名字，叫金芝。

他们第一次做爱是在金芝刚刚下场后。马戏团的演出还在继续，在那些喧嚣的音乐、掌声与尖叫声里，他们钻进一辆装载草料的篷车。金芝气喘吁吁。她的脸上还化着妆、沁着汗。他们拥抱、接吻，说着谁也听不清楚的情话。

事后，金芝用她汗涔涔的手掌抚摸着甫成的脸颊，说："原来，你是第一次。"

黑暗中，她看不清甫成眼里的忧伤。她只听见甫成在她耳边说："那我是你第几个男人？"

金芝没有回答。她用嘴巴堵住了甫成的嘴巴。

甫成用力地挣脱后，用力地说："我要做你最后一个男人。"

可是，金芝却在马戏团到达纽约后的一天凌晨消失了。那天晚上，甫成像个老练的情人那样，耐心地等待心上人演出结束，卸了妆，两个人挽着手漫步在布鲁克林寂静的街头。后来，他们从酒吧带了一瓶威士忌回到旅馆，一起愉快地洗澡、喝酒、做爱，然后相拥着睡去。

金芝就是在甫成的睡梦中离去的，枕畔只残留着她的几根卷发。

第二天，甫成几乎找遍整个纽约城，发现凭空消失的不光是他心爱的女人，还有马戏团。他们如同从来未曾在纽约出现过，连一点踪迹都没有留下。夜深后，当他回到旅馆的房间，等在那里的几名美国便衣不由分说地把他按倒在地，用一个黑色布袋蒙住脑袋后，塞进一辆汽车，很快驶离。

甫成被关在一间没有窗户的屋子里，除了一日三餐，美国人不闻不问，任凭他像个疯子一样把铁门擂得咚咚作响。甫成对着铁门一个劲地用英语质问："你们是什么人？你们为什么把我关在这里？我要见金小姐，你们把她怎么了？"

几天后，甫成渐渐变得安静，开始绝望。在这间分辨不出昼夜的屋子里，他开始像条狗一样蜷缩在角落，有时候连饭也懒得吃。他唯一能感受到的是身上散发出来的体味越来越臭。直到有一天，两名美国军人架着他的双臂，把他拖进一间浴室。

原来，这里是一座军营。稍作洗漱后，甫成被套上一身军服押过操场。当他在一间接待室里见到大使馆里的那名武官时，就像看到了亲人，眼里的泪水一下子奔涌而出。

武官用一种极为痛心的眼神看着甫成，沉默了好一会儿，才打开桌上的卷宗，直截了当地说："Chinese girl的真实身份是日本军方收买的间谍，马戏团是他们的一个情报中转站。这些人最早是在檀香岛一带活动，直到珍珠港大轰炸开始前夕才奉命撤离。"说着，他把卷宗里的材料一份份递到甫成面前，里面许多照片上的人都是金芝。

"她是朝鲜人？她的真名叫金仁淑？"甫成仔细地看完每一页材料，抬头问武官。

"忘了她吧。"武官说，"你现在应该关心的是你自己。"

"让我见她一面。"甫成说，"我要见她最后一面。"

武官摇了摇头，说："战时的间谍通常会被处决。"说着，他慢慢地起身，绕到甫成身后，附在他耳边，又说："现在唯一能救你的办法……就是你必须得承认，你是我们的人。"

"你们？"甫成半天才扭过头来，睁大眼睛问，"你们是什么人？"

"中国国民党中央执行委员会调查统计局。"武官说，"记住，你是中美特种技术合作所在美国招募的工作人员。"

34

　　由横滨到沪的邮轮靠岸后，从栈桥上下来的大多是前来度假的美军士兵。他们熙熙攘攘地蜂拥而过，浑身上下都充斥着浓烈的荷尔蒙的气息。可是，瑞香并没有在码头等来久盼的儿子。挽着一名美军军官走到瑞香面前的人是甫华。她的面色如沐春风，目光沉转地在许多人脸上扫过后，朝瑞香伸出手掌，笑吟吟地说："您一定是四太太吧？我是二房的甫华。"

　　甫成的电报里并没有提到与甫华同船回国。瑞香表情如常地握住那只手，好像在此等候的就是眼前这个雍容华贵的女人。她轻轻地说："欢迎二小姐回家。"

　　瑞香是从甫华嘴里得知，儿子在邮轮停靠青岛时已上岸。他在美国待了十一年，他要先到各地去走走、去看看。甫华说完这些，朝着瑞香一笑，说："我在华懋订好了房间，改天专程来拜访四太太。"

　　"家里整幢公馆都空着，你可以住在家里。"瑞香说着，眼睛快速地在那名金发碧眼的军官脸上掠过。

　　甫华又笑了，没有出声。她挽起年轻军官转身离去的背影，如同是个沉浸在蜜月中的新娘。一边走，还一边仰起脸在军官耳边用英语说着什么。

　　自从丈夫被捕后，甫华就像许多不甘寂寞的单身女人那样，每个晚上都会沉醉在自己欢愉而短暂的爱情里。那些男人一会儿是已婚的华尔街股票经纪，一会是流亡在纽约的各国艺术家，而更多的是年轻的美国军人。

甫华在她年逾不惑之际猛然发现，这个世界上最美好的就是那些青春蓬勃的肉体。

两天后的深夜，她从熟睡的军官怀里挣脱，悄无声息地下床，匆匆穿戴整齐后离开房间，坐电梯一直下到底层的咖啡厅里，点上一支烟，静静地坐在无人的一角。

如约前来接头的人是黄澍新。对上暗号后，他用一种感慨的眼神看着甫华，说："五年前，我与唐将军第一次见面时，他也用这样的眼神看着我。"

"往事就不谈了吧。"甫华轻轻一摆手，说，"黄先生，我想你们花重金请我回来，不光是为了缅怀我弟弟的吧？"

黄澍新说："我们希望唐小姐能帮助你的另一位弟弟全面地掌握联合航运公司。"

甫华发出一声冷笑后，拖长了语调，说："黄先生，由谁掌握联合航运，这应该是唐家的家事。"

"家事有时候就是国事。"黄澍新说，"联合航运在抗战中功勋卓著，我们不想让它在今后的战争中被人利用。"

"今后还会有战争吗？"甫华说，"你们是签署了《双十协定》的。"

"唐小姐，您在国外待得太久了。"黄澍新说，"您不了解中国的政治。"

"我不需要了解。"甫华摇了摇头,说,"我是美国战略情报局的雇员,我也不需要听从你的指令。"

"这不是我的指令。"黄澍新说,"这是你们梅乐斯①将军的建议。"

甫华又点上一支烟,静静地抽掉一半后,说:"你们要让一个二十三岁的孩子掌控公司,办法只有一个……就是除掉他的生母。"说完,她眯起眼睛看着黄澍新,又说:"黄先生,如果是你的话,你会对自己的家人下手吗?"

"我会的。"黄澍新不假思索地说,"如果党国需要的话。"

"可惜,我是个侨居在美国的法国公民。"甫华说着,掐灭烟蒂,站起身来,说,"还是请黄先生转告梅乐斯吧,我不是专业的特工,我干不了这么肮脏的勾当。"

"唐小姐。"黄澍新在甫华转身离开时,忽然叫了一声,起身,从西装的内袋里掏出一封信,笑着说,"你看,我差点忘了,梅乐斯将军让我把这封信转交给你。"

这封皱巴巴的信来自俄亥俄州的一所监狱。那里关押的都是二战期间潜入美国本土的德国间谍。看着信封上熟悉的字体,甫华像是一下见到了丈夫那双清澈的眼睛。

甫华的丈夫弗朗西斯科·马丹是位小有成就的数学家。他们由法国流亡到纽约的几年后,忽然有一天,他因犯有间谍罪被捕。同时被带走的甫华两天后获释,条件是她必须充当美国军方的密探,利用她

---

① 梅乐斯:美国战略情报局驻华官员,曾与戴笠创建中美合作所。抗战后积极援蒋反共。

马丹夫人的身份，在她丈夫的朋友间收集他们充当间谍的证据。

"你的丈夫很快会被释放。"黄澍新说，"你们很快就会团聚。"

甫华没有出声。重新坐回到座位上，她把手中的信仔细地阅读了两遍后，举到烛火上点燃，丢进烟灰缸里。甫华凝视着翻卷的火苗，说："你觉得，杀了四太太，我还有机会活着回美国吗？"

黄澍新没有回答，而是认真地说："唐小姐，许多显赫的家族都会在战争中消亡，作为政府，我们有义务去保护这些家族与公司……"

"唐家跟我没有关系。"甫华毫不客气地打断他说，"黄先生，你应该知道，我在护照上的姓氏是马丹。"

"可你跟我们有关系。"黄澍新笑着说，"唐小姐，你可能还不知道，这两年里，你在纽约的很多开销都是由我们通过战略情报局支付的。"

甫华一愣，说："您的意思是说，领了你们的钱，就一定得为你们办事？"

"我的意思是说，这些年里我们替您做了许多事，包括您的母亲。"黄澍新仍然笑着说，"唐小姐，这些年，二太太一直都在我们的保护之下。"

甫成终于回家。他戴着礼帽、穿着长衫走进四公馆大厅的瞬间，瑞香恍若见到了当年的丈夫。但是，这种错觉一闪即逝。迎着儿子，她不由得从沙发里站了起来。

甫成走到母亲面前，竟然跪下，行了中式的跪拜大礼，根本不像是个留洋归来的摩登青年。

"你长大了，你懂事了。"瑞香拉起儿子时，忍不住说。

甫成这才张开双臂，把母亲抱进怀里，在她耳边轻轻地叫了声："妈。"

一下子，泪水蓄满了瑞香的眼眶。她在儿子的怀里，喃喃地说："你真的长大了，你真的懂事了。"

事实上，甫成在青岛等待了一个多星期，才等到约见他的人。坐在机场的小候机厅里，戴笠就像是个亲切的长辈。除了嘘寒问暖，他们聊得更多的是好莱坞的电影。

这时，副官进来提醒他说登机的时间到了。戴笠这才起身，感慨道："时间有时候就像手指缝里的沙子，越想抓紧，它就溜得越快。"

甫成站得笔直。他像个军人似的说："长官，请问让我回国的任务是什么？"

"当个好儿子，好好地孝敬你妈。"戴笠说，"四太太巾帼不让须眉，她是位了不起的女性。"

说完，他伸手与甫成握别后，匆匆离开小候机厅，登上飞机。一个多小时后，这架飞机坠毁于南京城外的岱山。

从报纸上读到戴笠的死讯已是两天后，甫华当晚就约见了黄澍新。她迫不及待地说："下命令的人都死了，我们的任务也该终止了。"

"只要我们还活着，任务就不会终止。"黄澍新冷冷地看着她，说，"你还是抓紧时间吧，为你自己，也为了你的母亲与丈夫。"

甫华带着母亲入住唐公馆后，最终选择了在清明那天动手。以往，每年的这个时节，唐公馆里都会举办隆重的祭祀活动。只是，如今的唐家人丁凋零，他们最出色的子弟都成了一张张在挂在墙上的遗像。

傍晚时分，围着圆桌一起吃饭时，瑞香显得有点忧伤。她看完二太太又看看甫华，说："你们一回美国，这个家里就剩下我们三个了。"

为了活跃气氛，甫华在席间说了许多在欧洲与美国的见闻，瑞香却想起了她第一次在这间屋里吃饭时，甫仁也是为了活跃气氛，同样说起了他在法国的许多见闻。瑞香的眼神却越发显得阴郁，低头只顾一口一口地吃着汤盏里的鱼羹。

饭后，瑞香并没有回四公馆的意思，而是挽着儿子的胳膊去了隔壁的小客厅。甫华只能陪坐在侧，有一搭没一搭地聊着一些闲话，直到女佣进来，把一汤盏的鱼羹轻轻放到茶几上。甫华的脸色变了，看着瑞香的眼睛也直了。

瑞香若无其事地说："有些事你可能不知道，这个公馆里上上下下，从门房到厨子都是我精挑细选的，他们都是跟过你父亲的老人，就算再多的钱也收买不了这些人。"

甫华呆滞了片刻后，反倒变得轻松。她耸了耸肩，说："那好吧，那你是打算把我送警察局呢，还是按你们的江湖规矩办？"

"我猜这里面的毒药应该是日本人留下来的，当年李士群喝的也是这个，他一直要拖到两天后才断气。"瑞香拿过汤盏，仔细地嗅了嗅，重新放回茶几上，说，"你把它喝了，至少明天还有时间送你妈上飞机。"

早已惊呆在一旁的甫成这时失声叫了声："妈。"

瑞香置若罔闻。她目不斜视地盯着甫华的脸，一直看到她的腮帮子上的肌肉开始收缩，才一笑，又说："不喝也行，把你知道的都说出来，明天我派人送你们母女俩上飞机。"

甫华没有过多考虑。她用了很长的时间把什么都说了，就是只字未提甫成。说完这些，她站起来，看着瑞香，说："你不要怪我，我跟你没有恩怨，我只是身不由己。"

瑞香点了点头，回到四公馆后，她把自己关进琴房，坐在那张古筝前拨弄琴弦，却始终没有弹奏成曲。夜深后，她悄悄地上楼，轻轻地推开儿子的房门。

甫成就像是从躺椅里弹射起来的，笔直地站在母亲面前，叫了声："妈。"

瑞香显得十分疲惫。她走到那张躺椅前，躺下后，无力地闭上眼睛，说："你回来那天，叫了我一声妈，叫得我心里就像开花一样，我以为你长大，懂事了，你不再记恨我这个妈了……"瑞香露出一丝苦笑，又说："原来不是的，你不是回来叫我妈的，你是来催我命的。"

"现在我浑身是嘴都说不清了。"甫成竟然还能笑。他苦笑着说，我真不该回来，"我在美国学的是法律，我回来干什么？"

"人都是要落叶归根的，你是我的亲生儿子，你干什么我都不会怪你。"瑞香终于睁开眼睛，看着儿子，说，"甫成，你才二十三岁，你当上联合的董事长，他们就能很容易地控制你，控制我们联合的船队与车辆。"

"你说的他们是什么人？"甫成说，"是甫华说的军统吗？"

瑞香没有回答，而是走到窗前，拉开厚重的窗帘，望着外面漆黑的花园。她自言自语地说："看来，战争又要开始了，他们这是在为战争做准备。"

"战不战争的，跟我们没有关系。"甫成说，"谁雇我们的船，都得付我们钱。"

"战争跟每个人都有关系。"瑞香转身看着儿子，说，"战争就是妻离子散、尸横遍野。"说完，她摇了摇头，又说，"我真不该送你去美国。"

"你把我留在国内，我恐怕连叫你妈的机会都没有。"甫成的语气一下变得冰冷，他迎着母亲的目光，说，"你会让我像甫仁他们一样，成为挂在唐家小祠堂里的一张照片。"

一下子，瑞香像是被击中，捂着胸口一阵咳嗽。一直到呼吸平稳才抬起头，说："你老实告诉我，军统是什么时候找到你的？"

"你想得太多了。"甫成走到母亲面前，诚恳地说，"妈，我十二岁去的美国，我回来还不到一个月。"

"那好吧。"瑞香像是记起来了，点了点头，说，"早点睡，记得明天替我去送甫华母女俩上飞机。"

甫成看着母亲走到门口，忽然又叫了声妈，问道："你为什么不反击呢？"

瑞香按着门把手站了好一会儿，发出一声苦笑，说："乱世偷生，唐家打打杀杀的，几代人了……"说着，她转过身来，远远地看着儿子，又说："你不想做一个正正当当的生意人吗？"

"我不想。"甫成断然地一摇头，说，"我只想回美国。"

35

甫成最终没能去成美国。

瑞香在一次特别召开的董事会议上，宣布甫成将以继承人的身份进入董事会，代替她参与公司的决策。看着面面相觑的董事们，她轻轻地一笑，说当一个船长只要做好两件事就成功了一半。她竖起一根手指，说："一是熟悉你的每个船员，把他们放到最合适的位置上，第二就是清楚地知道你的目的地，知道通往目的地的航线。"说完，她收回竖着的那两根手指，把它们轻轻地捏成拳头，轻轻地抵在桌上，用眼睛扫视着众人，又轻轻地一笑，说："另外的一半，就是四个字——同舟共济。"

散会后，她独自回到办公室，关上门，在沙发里靠了很久，才起身打开保险柜，取出一个文件袋，把装在里面的文件重新看完一遍后，划着火柴，点燃。瑞香蹲在办公桌旁的一个铜盆边，直到把这些文件烧成灰烬。

就在几天前，胡石言专程从香港赶来。他一进瑞香的办公室，不等入座就从公文包里取出这个文件袋，双手呈上，说："按您的吩咐，我先后派了两拨人去美国……少爷那十一年的情况应该都在这里面了。"

"你都看过了？"瑞香示意他坐下后，随手把文件袋往办公桌上一放，又说，"你怎么看？"

胡石言想了想，说："他们拉拢少爷不光是为了有朝一日能全面地控制联合……照现在的局势看……他们更大的企图是想通过少爷重建新记。"

"我问的是甫成。"瑞香说，"你怎么看他。"

"少爷还年轻。"胡石言说，"年轻人被人利用在所难免。"

"生在唐家的人，有几个年轻过？"瑞香冷冷地说，"戴笠人死了，却把一把剜肉的刀子扎在了我身上。"

胡石言犹豫了一下，说："四太太，国共在北边已经拉开战线……"

"我们是老百姓。"瑞香断然地说，"只要我活着，我就决不再让唐家回到老路上。"

胡石言又犹豫了一下，看着瑞香，不由得紧闭起嘴唇。

"你是想说，如果我忽然死了呢？"瑞香埋在大班椅里，说，"唐家这副担子还是会落在他的肩上。"

胡石言赶紧低下头，说："我是个下人，有些事不是一个下人该去想的。"

"有些事，再怎么想也没有用。"瑞香无力地说，"这都是命。"

可是，甫成似乎对家里的生意毫无兴趣。更多时候，他就像个无所事事的纨绔子弟，白天在虹桥的高尔夫俱乐部里打球，要么就驾着游轮从吴淞口出海，带着一大帮男男女女，一去就是好几天。他以飞快的速度让自己沦为上海滩闻名的花花公子，几乎每周都会出现在小报的花边新闻里。一会儿是载着哪位新晋的歌后夜游车河，一会儿是与谁家的名媛出双入对，直到1947年的圣诞。甫成在这天夜里意外地见到了金芝，就在海军俱乐部的大厅里。

这是曼哈顿歌舞团应邀来沪的首场演出。在爵士乐与踢踏舞步发出的拍击声中，到处是掌声与口哨。甫成在众多舞者中间一眼认出了金芝。随着音乐戛然而止，她像只蝴蝶一样轻盈地飘离舞台，刚进到化妆间，就见到了站在灯光里的年轻绅士。

"原来你没死？"甫成目光逼人地盯在她那张浓妆的脸上，说，"我到底该叫你金芝，还是叫你金仁淑？"

短暂的沉默后，金芝摘下假发套，说："我说我还是那个Chinese girl，你会信吗？"

事实上，金芝在失踪当晚就被秘密遣送往边境，在一座农场里看押了几个月后，又被送到加拿大的一所舞蹈学校，直到战争结束，才回到美国。站在华懋饭店顶层客房的阳台上，她裹着甫成的大衣，却仍像是感到寒冷那样，紧抱着自己，说："很多夜里，我都在睡梦中惊醒，我看到你躺在野地里，浑身都是血。"

甫成靠着阳台的栏杆坐在地上，说："那这次他们让你来干什么？"

"等待机会，跟你重新在一起。"金芝说着，凭空一笑，又说，"不过，能见一面也是好的，我应该不会再做噩梦了。"

次日，晨曦从窗帘的缝隙里透进来时，甫成靠在床上，出神地看着熟睡在身边的女人。他忽然用英语嘀咕了一句美国谚语："人生就像在漆黑的夜里往雪地上撒尿。"

“你说什么？”金芝一下睁开眼睛。

甫成没有回答。他一把掀开被子下床，说：“哪天你带我去见见让你来上海的人。”

当黄澍新与甫成在一家俄罗斯餐厅里握手寒暄时，他的公开身份早已是保密局在上海的负责人。他不加掩饰地坦言，军统已经成为历史，许多不愉快的往事也已经成为了历史。

甫成始终保持着沉默。一直到黄澍新说起为了这次见面，他专程去南京面见了蒋经国，甫成才挑起眉毛，用一种将信将疑的眼神看着他。

黄澍新一笑，马上又说：“小蒋先生跟我是莫斯科中山大学的同学，你尽可以相信，我现在说的每句话都代表了他的意思。”

说着，他话锋一转，说起了当下的局势，从国共在北方的战事，一直说到了政府内部的贪腐。但甫成对此毫无兴趣。他礼貌地打断，说：“我之所以要跟黄先生见这一面，就是要当面告诉你，你们不必对我抱有期望，我很快就会离开上海。”说完，他沉吟了一下，又说：“没有哪个儿子会为了别人去对付自己的母亲。”

黄澍新却笃定地说：“四太太是不会让你走的。”

“我是个自由的人，我的去留只取决于我自己。”甫成说，“我只请求你们放金小姐一条生路，她对你们已经毫无价值。”

“她的价值取决于你。”黄澍新说着，渐渐收敛起脸上的笑意。想了想后，他从提包里取出一张 X 光片，又说：“令堂在抗战中受过伤……当时是在大别山里，受限于条件，伤口没能清理干净。”他指着上面的一点阴影，又说：“这个弹片已经越来越接近她的心脏……"

甫成再次打断他，说："你放心，她可以找来世界上最好的医生。"

黄澍新摇了摇头，说："有些事，医生无能为力，上帝也无能为力。"

"所以，你们才停止了对她的暗杀？"甫成目光变得阴沉，盯着黄澍新的脸，说，"所以，你们现在只需要等待。"

"时局在变，彼一时，不等于此一时。"黄澍新迎着甫成的目光，手指向自己的胸口，说，"我们都是自由的人，可再自由的人，心里也得装着国家，装着自己的家族。"

当晚，甫成站在母亲的琴房外，听了很久里面传出来的琴声，才轻轻地敲了敲门。

瑞香的脸上并无半点病态，相反，透着一种别样的红晕。她看着儿子，说："有什么事不能明天说吗？"

"明天，我想带个人来见你。"甫成一边说着，一边走到琴桌前。

瑞香一笑，说："那么多露水情缘中……这位金小姐是你最留恋的吗？"

甫成耸了耸肩，说："都这么久了，你还在派人盯着我。"

"这里是上海，你是唐家的继承人。"瑞香说，"有很多眼睛都会盯在你身上。"

甫成低下头，在琴桌前站了会儿，说："如果你不想见她，那就让我带着她回美国。"

"你想跟什么人在一起，你们以什么样的方式在一起，这都是你的自由。"瑞香说，"但你走了，这个家我留给谁？"

"家里还有寿昌。"甫成说，"他还小，你有的是时间，把他培养成你需要的人。"

"我的时间不多了，黄澍新说得没有错……"瑞香仰起脸，目光宁静地看着儿子，说，"总有一天，那块弹片会钻进我的心脏。"

甫成的脸色开始发白。他慢慢退到墙边的一张椅子里坐下，不敢看母亲的眼神，就把头别在一边，好一会儿才说："我是他们的人，我1943年就加入了军统。"

"这些我都知道……不光是他们，还有CC……他们觊觎唐家、觊觎联合航运不是一天两天了。"瑞香说着，手指在琴弦上划过。她在一片嗡鸣之声里起身，走到儿子身边的椅子前，跟他并排坐在一起，仰面望着屋顶的吊灯，又说，"我还知道，黄澍新向你转述了小蒋的一句话，他问你是甘心做继承者……还是去做一名家族的开创者？"

甫成想了想，说："如果是你，你会怎么回答？"

"我们心里想的那个未必是真正的答案。"瑞香说，"许多人只是在别人的身上看到了他自己。"

甫成成为联合航运公司史上最年轻的总经理后，作出了他人生的第一个决定，就是与素有"煤炭大王"之称的山西韩家联姻。可是，成婚的前夕，他仍然每个晚上都在金芝的公寓里留宿。仿佛他们的每次见面都是最后一面。他们在卧室、客厅、厨房、浴室里疯狂地做爱，直到精疲力竭，如同死了一样。他们缠绕在一起，有时候却常常不说一句话，只是凝视着对方，呼吸着彼此的呼吸。

离开上海的前夜，金芝在床上捧起甫成的脸，仔细地看着，说："你还是像梦一样。"

"那就把它当成一个梦。"甫成拉起被子。他在被子里，在金芝耳边说："总有一天，我们还会相遇。"

天亮时分，金芝睁开眼睛，发现枕边的男人已经离去。被窝里只残留着他的体温。

其实，甫成哪儿都没去，他一直都站在轿车外，隔着机场外的铁丝网，看着他心爱的女人被送上飞机。他看着飞机呼啸着升空，掠过他的头顶，消失在天边的云层中。甫成长长地呼出一口气后，发觉一颗冰凉的泪水正从他的脸颊滚落。他用指尖接住那颗泪水，慢慢地放进嘴里。他尝到了一丝淡淡的咸味。

三天后，黄浦江畔的礼查饭店里举行了一场中西合璧的婚礼。这里曾是唐汉庭迎娶瑞香的地方，大厅里挂着大红的喜字，到处摆满了鲜花与各色的糕点。仪式举行到新人向父母敬茶时，瑞香才从自己的记忆深处收回目光，看着跪在她面前的这对新人。

从新娘手中接过茶后，她象征性地抿了一口，起身，一手拉起儿子，一手拉起儿媳，一连说了两个好字。

婚宴开始不久，瑞香忽然感到有点不适，强忍了会儿后，她招手叫来骆炳全，说："你去备车，送我回去。"

瑞香就是在起身离开酒桌的时候，一头栽倒在地毯上。宴会厅里顿时乱作一团。

当救护车拉着警笛驶向虹桥机场方向时，跟在后面车里的骆炳全才意识到发生了什么。他在停机坪上一下车就拦住甫成，说："你要把四太太弄到哪儿去？"

"香港。"甫成说，"你放心，飞机上有医生。"

骆炳全看了眼正被抬上飞机的担架，猛然从怀里掏出手枪，指着甫成，说："你早就准备好了，你竟然给自己的母亲下药？"

看着骆炳全手中黑洞洞的枪口，甫成目光变得冷峻，说："你连参加我的婚礼都带着手枪吗？"

飞机旁看似无关的地勤人员这时纷纷围上来。他们手中的枪口一起对准了骆炳全。

甫成轻轻地一摆手，示意这些人都收起手枪。他迎着骆炳全的枪口，又说："你护送我妈去香港，那边的医院都已经安排好了。"

说完，他转身走到呆立在轿车旁的胡石言面前，低头想了想后，说："我想，我妈会理解的。"说完，他又说："什么事情都有开始的时候，也有结束的那一刻。"

胡石言像是早已被眼前的景象惊呆了。他张着嘴巴，半天都说不出一句话来。

36

瑞香病愈回到上海时，联合航运公司早已不是她离开时的格局。

甫成并没有履行对黄澍新的承诺，让联合的船队与军方合作，投入到他们的战备运输中去，而是以最快的速度拆分了公司里的大部分资产，并以入股的形式，把所属的船只、码头、货仓等资产分别注入到矿产、棉纱、面粉等各个行业，还与岳父合股成立了一家银行，以便资产的运作与套现。

坐在联合航运的会议室里，瑞香扫视着在座的每一张脸，很久才说："看来，我应该尽早地退位让贤了。"

没有人敢在这时候开口说话。他们中的许多人都不由得低下了脑袋。

等到所有的人都离开会议室，瑞香仍然一动不动地坐在董事长的位置上，眼睛一动不动地看着儿子，一直看到他站起身，低下脑袋，就像个犯错的孩子。

"妈。"甫成终于开口，"你有什么话就说，你不用这样看着我。"

"是啊，现在把你看得再清楚也没有用了。"瑞香表情落寞地说，"你以退为进、步步为营，你把我耍了，把保密局也要了……你既然选择了去当一名开创者，就应该把药下重点，让我当场死在你的婚礼上。"

"如果你留在上海，这间会议室里就不会有人同意我的任何主张。"甫成的目光变得执拗。他看着母亲，说，"妈，你的眼睛不要光盯着我，你应该看看外面的局势……政府已经丢了东北，现在国共双方的军队都在江北集结……我只是不想让公司葬送在这场战争里。"

"可你葬送的将是你自己。"瑞香的声音一下变得尖厉，但马上又放缓语气，说，"你好好想想看，保密局从戴笠的军统时代起，在你身上经营了多少年？他们的目的就是为了有朝一日让你取代我，从而控制联合，控制新记……这也是我解散新记的一个原因……"

"我是不会让任何人控制的，唐家也不会让任何集团控制。"甫成忍不住插嘴，说，"这也是我这么做的一个原因。"

"你还是太年轻了，你把上海当成了纽约，把中国当成了美国。"瑞香露出一丝苦笑，说，"你把黄澍新耍得团团转，这不要紧，可你忽略了他身后站着的那个人……小蒋在上海打老虎，刚刚碰了一鼻子的灰，你却在这种时候依靠你岳父跟孔家的关系，把联合的资产注入到他们操控的公司里，就算小蒋会放过你，保密局也要挽回他们丢失在你身上的面子。"

"他们要找我清算，也得要有时间……现在物价暴涨，经济濒于崩溃，人心已经向背……妈，你以为中华民国这条大船还能撑多久？"见瑞香沉默不语，甫成慢慢地坐回到椅子里。他想了想，又说，"我不是非要把资产投入到谁的公司里，我也不是在跟谁摆明立场……我只是在大船沉没前找了一条救生艇……至少，现在军方要来征用我们的船只，他们得先去找孔宋两家。"

瑞香用一种令人揪心的眼神看着儿子那张朝气蓬勃的脸，摇了摇头后，她又摇了摇头，说："你真不该生在唐家……你才二十五岁……这个年龄，你应该在写诗歌、听音乐……你应该去追逐爱情，享受这个年纪……"

"出生在哪里是我能选择的吗？"甫成咧嘴一笑，语气诚恳地说，"妈，我跟你们这代人不同……我知道，你有很多顾虑，你背负了太多的包袱……"说着，他把座椅拉到瑞香旁边，伸手拉起她的手，说，"你就放手，让我去成为那个开创者……既然命运选择了我。"

"不管你是当一名开创者，还是继承者，你首先得把命留着。"说完，瑞香一下抽出手掌，头也不回地离开会议室。

第二天一早，甫成穿着睡衣刚从楼上下来，就见母亲已端坐在唐公馆的客厅里。她的身后是站得笔挺的骆炳全。

"这是干什么？"甫成一笑，说，"你这是要对我动家法吗？"

"船已经等在码头上，你们夫妻俩现在就走。"

"去哪里？"

"香港。"瑞香不容置疑地说，"我已经通知胡石言，你去出任香港联合的董事长。"

"时候到了，我会走的。"甫成走到母亲面前，说，"但不是现在。"

"你比我更了解这个国家吗？你比我更了解他们的手段吗？"瑞香站起来，逼视着儿子，决绝地说，"你不走，我就让人把你们押上船，把你们捆到香港去。"

"就算你把我捆到香港，我还是会回来的。"甫成说，"我不会半途而废。"

瑞香一愣，重新坐回沙发里，抬头仰视着儿子，说："傻儿子，你还不明白吗？只有你活着，你做的这一切才有意义。"

小夫妻俩最终在保镖们的押送下登上香港联合的货船。可是，船在进入公海的两天后，忽然机舱起火，爆炸。消息传到上海，瑞香一下捂住胸口，半天才缓过气来。她支着沙发的扶手勉强站起身，摇摇晃晃地一边朝楼上的卧室走去，一边对骆炳全说："不要让人来打扰我。"

瑞香一直要到胡石言从香港赶来才下楼。她就像一支风中的残烛，却坚持推开搀扶她的用人，一步一步地独自走下楼梯。

"我不会让自己太过悲伤的……我也不会死在这个节骨眼上。"瑞香像是在自言自语。她注意到站在面前的胡石言后，木然地点了点头，又说："你能来，我就放心了。"

胡石言的脸上有种难言的沉痛。他叫了声四太太后，就不知道该说什么了。

坐在书房里，瑞香用了很长的时间，一条条地传达完她的指令。这些都是甫成未尽的事宜。瑞香死灰的脸上似乎又有了往日的神采。她歇了会儿，最后说："你带上寿昌，你们代表我去趟韩家……你告诉韩先生，我们还是亲家，甫成说过的每句话、他的每个决定，我都会兑现。"

胡石言走后，骆炳全进来禀报说这几天里他派了许多人去调查，发现海关的稽私处在货轮启航前曾登船例行检查过。他小心翼翼地说："稽私处里的许多人都是保密局精减过去的。"见瑞香不语，他又说："他们在行动前曾接到过一份密报，说是那条船里携带有违禁品。"

瑞香靠在卧榻上，闭着眼睛，就像是具气绝多时的尸体。在骆炳全躬身告退时，她无力地说："不用再查了，到此为止吧。"

骆炳全一下站住，回身看着这个虚弱不堪的女人。

瑞香只是微微摇了摇头。隔了很久，她又说："他们能让一船的人去为一条性命陪葬……这样的人，我们是斗不过的。"

国共双方的军队隔着长江对峙的那些日子里，上海滩就像一锅渐渐煮开的水。越来越多的难民从各地蜂拥而至。他们挤在调防的军队之间，挤满了大街小巷，挤塌了码头外面的木棚栏，军警们拦起铁丝网，架起了机关枪。

瑞香反倒显得格外安宁。她闭门谢客，整天待在家里抚琴、作画，而更多是陪伴寿昌，与他一起游艺嬉乐，手把手地教他临写颜真卿的《多宝塔感应碑文》。

天气晴朗的那些下午，当风筝在四公馆的花园里升空时，人们还能不时听到这一老一少传来的笑声。

余十眉穿着一身戎装赶来求见瑞香那天，用人们正在用盆栽的山茶花装点门廊与过道。他在客厅里等了很久，才见到瑞香系着一条园艺师的围裙进来。

她一边摘下沾满新鲜泥土的手套，一边笑呵呵地说："今年的春天来早了，许多花不知不觉就开了。"

余十眉跟着笑了笑。入座后，他掏出一封信函，双手呈上，说："陈先生原本要亲自来拜访四太太的，可实在是脱不开身。"

瑞香接过信，没有拆开，而是随手放在一边，漫不经心地说："这些日子里，关心我的人又多了起来……听说蒋先生在溪口还专门提到了我。"

"大家都在关心您的去留。"余十眉说，"空军司令部已经作出保证，只要四太太动身去台湾，他们都会派飞机迎候。"

"可我为什么要走呢？"瑞香淡淡一笑，指着墙边的收音机，说，"你们不是每天都在说，长江天堑，固若金汤吗？"

"那是宣传。"余十眉在发出一声长叹后，由衷地说，"一条长江，怎么阻挡得了民心。"

看着余十眉鬓边隐隐的白发，瑞香继续微笑着，说："如果我不离开上海，你们是不是就下令让外面的便衣冲进来，把我绑上飞机？"

余十眉一愣，马上说："门口那些是警备司令部派来的……上海的流民太多，他们是来保护四公馆的。"

"保密局里有我的健康报告，相信你们也有……一个脚都已经伸进棺材里的人，还需要谁保护？"说着，瑞香不等余十眉开口，在沙发里探起身，又说，"我听说中共方面的人也在上海四处游说，劝人留下来，共建新中国。"

余十眉的脸上有种痛苦的表情。他想了想后，说："这么说来，四太太是见过他们的人了？"

瑞香没有回答。她在沉默了很久后，说："我可以离开上海，但我必须带一个人走。"

"当然。"余十眉笑了，说，"四太太想带多少人都可以。"

瑞香说："我要带的人是桥本信雄。"

余十眉说："四太太，那可是战犯。"

瑞香没有再出声。她靠进沙发里，仰起脸，远远地望着落地长窗外阳光明媚的天空。

解放军攻打上海的一天深夜，在隆隆的炮声里，两辆轿车无声地驶入提篮桥监狱的大门。当穿着号服的桥本信雄被带到瑞香面前时，他用一种陌生的眼神注视着眼前这个仪容端庄的女人。

瑞香说："当年你派车送我离开上海，现在我把这个人情还给你。"

"我记得你曾向我保证过，在任何时候，你都会确保我跟我家人的安全。"桥本信雄的嗓音沙哑得就像来自地狱。说完，他摇了摇头，咧嘴一笑，又说："你不是来还我人情的，你是来送我上路的。"说着，他走到一张椅子前，笔直地坐下后，继续说："唐家唯一的继承人怎么可以有个当战犯的外公？"

瑞香半晌才吐出一口气，淡淡地说："那好，那你跟我走吧。"

桥本信雄坐着没动，目光却跟随着瑞香走向门口的步伐。他忽然叫了声四太太，说："你真是个可怜的女人。"

瑞香停了停，没有回头。她离开这间屋子后，骆炳全带着一名保镖进来。他们用一根钢丝结束了桥本信雄的生命后，把他装进一个麻袋，扔进了汽车的后备厢，驶离监狱。

联合海运公司的客轮驶出吴淞口后，装着尸体的麻袋被扔进了大海。

瑞香始终站在轮船顶层的尾栏前，站在无边的夜色里，面朝着上海的方向。她的耳朵里只有轮船的发动机在轰鸣。

37

莫里斯大厦其实是位于轩尼斯道附近的一幢五层洋楼。站在天台上，可以看到停泊在维多利亚港湾里的船只。瑞香一到香港，胡石言就租下了最上面的两层作为她的暂居之地，但住了不久，瑞香便搬进了跑马地的养和医院。

胡石言深感不安。他匆匆赶到医院，再三解释说香港现在到处都是内地过来的难民，实在是租不到更好的地方。瑞香摆了摆手，说她之所以搬出来，不是嫌那里太杂乱，而是她不想一推窗户就看到那些守在楼下的便衣。

"他们是防范您见不该见的人。"胡石言说，"现在，那些人都守在了医院的大门口。"

"眼不见，就心不烦。"说着，瑞香随手取过他带来的报表翻了翻，指着其中的一页，又说，"难怪他们盯着我不放，原来我们的船一直做中共的生意。"

"他们是最好的客户。"胡石言说，"四太太，这里是香港。"

瑞香合上报表，说："这些日子里，我一直在想，我是不是来错了香港，我应该继续待在上海。"

看着瑞香脸上的表情，胡石言斟酌着说："四太太，您可以回去的。"说完，他又说："那边要开政治协商会议了……您是可以争取到一席之位的。"

瑞香朝着医院大门的方向一指，说："我走得了吗？"

胡石言没有直接回答，而是轻轻地说："我们每周都有货船北上。"

"你什么时候成了他们的人？"瑞香扭头看着胡石言，若无其事地问。

"唐家在那边也有朋友，他们不便来见您，就找到我，托我给您捎句话。"胡石言迎着瑞香的目光，说，"北京希望您能回去走一走、看一看。"

"他们真的这样说了？"见到胡石言郑重地一点头后，瑞香沉默了，坐在沙发里，用双手使劲地搓着脸，很久才放下来，缓缓地说，"看来，你用我们的船送了不少人回去走一走、看一看。"

胡石言低下头，在瑞香面前站得更加谦恭。

瑞香起身站到窗边，望着医院里的草坪，又说：'国军的炮舰还停在舟山一带，我们北上的货轮，还是挂荷兰的国旗为好。"

胡石言点头说："是。"说完，他望着瑞香逆光的背影，又说："四太太，那我怎么答复他们？"

瑞香想了想，伸手推开窗户，说："沉默就是最好的答复。"

几天后，骆炳全带着一名不速之客前来拜访瑞香。他进到病房外面的起坐间，就连连拱手，文绉绉地说："四太太，人生真是何处不相逢啊。"

乔三留着分头，穿着一身亚麻的西装，像个从南洋过来的商人。他随溃败的国军由福建进入广东后，所辖的士兵已经所剩无几。乔三最终决定缴械进入香港，就住在摩星岭的难民营里。说完这些，他摸着那道掩盖在头发里的伤疤，不无感慨地说："我就这么一步之差，当初要是听你投了新四军……现在，我至少也是他们的一个旅长了。"

瑞香好像早已经遗忘了那些辗转在大别山里的岁月。她淡淡地说："那你今天来找我有什么事？"

乔三一愣，马上伸出三根手指，说难民营里现在住着三千人，只要他有经费，他就能把摩星岭变成大别山。

瑞香没有作声。乔三离开后，她在窗前一直站到黄昏，才转身对骆炳全说："哪天你再遇到乔三，就让他去找胡石言。"

骆炳全惊讶地看着瑞香，慌忙辩解说："我跟乔旅长早就没有往来了，这次是他来找的我。"

"人总得有几个朋友的……有时候帮人，就是在帮自己。"瑞香说着，踱到沙发前，坐下，仰脸望着屋顶缓慢旋转的吊扇，很久才喃喃地说，"我常常在想，要是大风堂还在，要是我们的新记还在，甫成就不会死……他一定还会活生生地站在我跟前。"说完，她兀自一笑，像是忽然记起来，扭头问骆炳全："你说，我都这样了，你说我还有什么好怕的？"

骆炳全一脸迷茫，站着不知道该怎么回答好。

瑞香摇了摇头，自言自语地说："人最怕的是时间，只有时间那道坎，不管你走得多远，它都会拦在你前面。"

第二天，抽完半泡鸦片烟后，瑞香决定用手术取出那块眼看就要流进她左心室的弹片。她要跟时间较最后一把劲。为此，养和医院派人专程前往欧洲与美国，请来了当今最好的心外科专家会诊。

临近手术前的一天夜里，她把骆炳全叫到病房，指着桌上的一个手提箱，说："明天一早你陪寿昌去英国……如果我死了，你就在英国把他抚养长大。"

骆炳全愣了半天，才猛然醒悟过来，说："四太太，您信不过胡总管？"

"我是信不过我自己。"瑞香笑了，说，"我是怕我会死在手术台上。"

骆炳全拎着手提箱走出病房后重新折回，站在门口望着瑞香，说："四太太，您把寿昌托付给我……您就这么信得过我？"

瑞香想了想，说："如果你非要回来，就去找乔三，去投奔他。"

"为什么？"

瑞香没有回答。她只是面带微笑，无力地摆了摆手，如同在跟这个世界作别那样。

几天后，当护士推着病床离开手术室的一路上，她的脸挂着同样的微笑，目光宁静地看着守在走廊里那些熟悉的面孔与他们脸上关切的表情。

1949年底，瑞香离开养和医院，住进了半山的一幢别墅。她的样子已经完全康复，不仅脸色红润，人也胖了许多。每天，除了在书房里作画与抚琴，有时候她还会让司机驾车去公司，坐在胡石言的办公室里，就像两个闲散的英国人，一顿下午茶，他们常常一喝就是大半天。

除夕之夜，胡石言带着全家老少上到半山，在瑞香的别墅里陪着她吃完年夜饭，还陪着她一起守岁。瑞香显得特别的兴致勃勃，破天荒地喝了两杯黄酒后，还起身在餐厅里与胡石言的小儿媳合作了一段昆曲《牡丹亭》。

唱到一半，她顿住了，睁大眼睛，想了会儿后，连连摆手，说："不行了，不行了，老了，忘词了。"

子夜来临，胡家的儿孙在花园里开始燃放烟花与爆竹。瑞香显得有点困乏了。她裹着一条毛毯，坐在走廊的藤椅里，望着那些在夜空中绽放的花火，忽然说："老胡，等钟敲过十二下，你就六十八岁了。"

胡石言一愣，点头，说："是啊，我六岁来到唐家，整整六十二年过去了。"说完，他叹了口气，在瑞香旁边的藤椅里坐下来，又说："四太太，我该退了。"

"你退了，联合这摊子谁看着？"

"不是还有您吗？"胡石言微笑着，从内袋里掏出一支雪茄，夹在手指间，又说，"将来还有寿昌。"

"只怕……我是等不到这个将来了。"瑞香望着夜空的眼睛渐渐变得有点失望，还有那么一点留恋。她一眨不眨地凝望着，说，"我从小跟着我妈乞讨为生，我们走遍了大半个中国，我从来不知道我的家在哪里，我的父亲是谁……我到今天才发现，其实，我这一生都在寻找我的故乡。"

这时，又一束烟花冲上半空，在暗夜里绽放，照亮了整个花园。

大年初三的下午，瑞香在书房里抚琴的时候感到一阵胸闷，忍了会儿后，她捂着胸口想站起来，一口血就在这时从她的口鼻间喷出，溅在古筝上。

　　当晚，瑞香在医院的手术台上与世长辞，享年54岁。她至死都睁着那双依然漂亮的大眼睛，就像要把眼前这个世界看得更加清楚。

图书在版编目 (CIP) 数据

绝响 / 畀愚著. — 北京：北京十月文艺出版社，
2016.8

ISBN 978-7-5302-1582-1

Ⅰ. ①绝… Ⅱ. ①畀… Ⅲ. ①长篇小说 – 中国 – 当代
Ⅳ. ① I247.5

中国版本图书馆 CIP 数据核字 (2016) 第 082910 号

北京市优秀长篇小说创作出版资金资助作品

绝响
JUEXIANG
畀愚　著

出　　版　北京出版集团公司
　　　　　北京十月文艺出版社
地　　址　北京北三环中路 6 号
邮　　编　100120
网　　址　www.bph.com.cn
发　　行　新经典发行有限公司
　　　　　电话（010）68423599
经　　销　新华书店
印　　刷　北京盛通印刷股份有限公司
版　　次　2016 年 8 月第 1 版
　　　　　2016 年 8 月第 1 次印刷
开　　本　880 毫米 ×1230 毫米　1/32
印　　张　7.5
字　　数　157 千字
书　　号　ISBN 978-7-5302-1582-1
定　　价　28.00 元
质量监督电话 010-58572393